# 前言

　　每一年的时间拼凑在一起，没有人可以和你一样感同身受，可直接吞下去又灼热得伤人肺腑。那些洒脱、取舍、觉醒，往往只发生在都已拥有过之后，才能做出选择。

　　经过《素闲集》之后的这一年，身边渐渐能够留住一些人，被不断地鼓励成长，出了几首新歌，也确实破了百万的播放量。开始思考自己到底有没有一个明确的方向可以走，也许因为我是一个执念很重的人，但凡在自己承受范围内的事情都不会放手。乐于从不同的方面汲取力量对抗生活的压力，面对岁月的洗礼。

# 目录

## 未曾可得

那些看起来无用的东西，有一些被实用主义者诟病。

是时候应该把眼光放在那些无法在短期变现的文化和看起来无用却美好的事物身上了。博物馆中已在尘土中躺了数千年的瓷器和青铜，这些东西的存在，本身就有着价值。如果仅仅是为了生活得舒适，也许根本用不着生活中大部分的东西，需要人们这么努力地生活吗？

人生的长跑，殊途同归，想要插队的人很多，可跑得快又有什么用？这往往是被忽略掉的一个问题。

总喊着高效和高性价比，那些所谓的高性价比、能够提高所有效率的，不一定适合每一个场景和情况。一则寡然无味的我喜欢的短信，自然是比不上历时数月跋山涉水而至的一封情书。沉淀下来的思考和在思考中逐渐发现不断蔓延的闪光点，亦是值得肯定的结果。

有能力去享受和明白那些非必须、非必要的东西，才是人这般拼搏和努力的根源，是人价值的体现。哪里存在什么更好的生活。

能够品味和欣赏那些无用的东西，恰恰是现代所缺少的。

有时候很好奇，人生到底是一个在不断补短板的过程，还是应该不断磨炼自己优势的锋芒。毕竟时间只有那么长，每一个阶段都只有那么长。上学、工作、结婚、生子……当这些相重叠的时候，究竟如何取舍和选择才能够到达自己想抵达的目的地？究竟自己有没有目的地？

不够具体的目标说起来容易，长此以往会让人产生一种不真实的幻觉。你说快乐是你的目的，并不是想设定一个往后几十年住在哪里、有着怎样工作和事业的安闲度日的快乐。年轻时也许往往会被这样的意识洗脑，不求财富名望地位，只求当下的快乐和安稳。

可恰恰所谓的"安稳""快乐"是最无法保证的。

那些洒脱、取舍、觉醒，往往只发生在都已拥有过之后，才能做出选择。

拥有权势，如若与理想相违背，舍弃并不心痛，往后的余生，所有的财富都无法引诱你做任何违背自己内心的选择，是为安稳。

拥有财富，深知其对人心的诱惑力和影响力，有能够掌控的能力，哪一天财富离自己而去，也能够坦然地接受，真正做到视其为粪土，在生活中找得到比金钱更能够影响自己快乐的事物，才能长久地快乐。

世界上的两种悲剧，人们都可以往自己身上套——得不到你想要的，以及得到你不想要的。两种人都觉得自己倒霉，可活着要么觉得被他人影响，要么影响他人，与其把情绪交给他人，不如做一个清醒的控局的人。

希望你们能够热烈地活着，让自己经手的所有生活都充满喜欢的细节。

能够爱一个人是一种能力，能够真心热爱自己的生活，却是一种硬核的实力。那是有勇气在布满荆棘的院子里种下属于自己的那一朵玫瑰花。即便世界只剩下黑白，唯独眼前的那一朵火红的玫瑰能够勾起你对于外界的向往。

那些标榜的品德、美好宏伟的志向、造福人类的蓝图或者是完美无瑕的面容，并不能成为人在困境泥潭中的救命稻草。只有那些能够在痛苦情绪挣扎中支撑着你的，才能成就真实的你，成就独一无二的你。

## 勇敢

那些太阳灼晒的刺痛与心底渐起的寒意成为稀松平常，那些不时从暗处肆意流淌的废水也就无所谓。

读书的时候，一年一年考虑着成绩，那时并不知道成绩对于自己来说意味着什么，只觉得黑板上永远有擦不掉的任务，书桌前永远要直起身板才能够越过高高垒起的书本，看到老师。

每一年都觉得在发生着翻天覆地的变化，每隔几年，身边的人都会被一只无形的手换过一遍，以为此生都会这样，感觉有人会替自己安排好。只有长大到一定阶段才发现，到了某个时间点日子不再似往日般新鲜，每一日都会不断地重复着些什么，身边开始有固定的一群人，那只无形的手似乎消失了，却不再怀念那种每隔几年就要动荡的环境。向往安稳却害怕安稳，是每一个成年人日复一日的恐惧根源。

所谓的自我接纳，并非盲目的自我膨胀和对自我的盲从，那是基于不为任何人的赞扬和诋毁所动摇，即使被其他人质疑也不会视其为威胁，使出全身的招数去抵挡。虚伪和脆弱的伪自尊，并不会为你增强丝毫踏实的自信。

不要让其他人虚构出来的看似和谐的关系，误导现实中自己人际关系中必然存在的矛盾。

长大后的自由，最大的痛苦往往体现在，偏偏不能做什么。

那些看山是山，看山又不是山，到最后看山还是山的幸运，真的不是每个人都有的。几十年的时光从眼前呼啸而过，也许当时并不在意那些闪过的光芒和痛楚，只有都过去了，才会发现原来它们真的都来过。该顺着它走的时候没有走，该顺着它留的时候你也没有留。

每一年的时间拼凑在一起，没有人可以和你一样感同身受，可直接吞下去又灼热得伤人肺腑。

如果你真的觉得自己有能力并且有勇气去试一试，就不要放弃，把这当作是你狠狠砸向远方的火把，试图去燎起一片火源。没有人知道你砸向远方之后，有没有人呼应，有没有人于黑暗和灰暗之中看见你那一点火光，可你依旧要去砸。

那些被逼迫学会的现实和循规蹈矩，不见得能够按照既定的时刻给你带来你想要的所有。当明白手握着火把能够给你带来看得见的光明后，为何不下决心搏一次，将仅有的火把扔向高空与远方，星星之火可以燎原，机会成本的概念，不是每个人都能接受。

改变的确是一种生猛的冒险，可是围观着把人绑在火刑柱上烧死的年代早已过去。

而今真正改变世界的人、真正的成功者，并非那些处在平庸生活中的大多数，而是那些不愿意默默地、绝

望地生活的人，是那些纵身一跃，不惧怕狂风暴雨，去
另眼看世界的人，他们的名字叫作异数。

此文写给那些和我一样，奋力生活的女生。

## 那些大多数

开心的时候，不要以为能够笑到最后，那么悲伤的时候，也不要认为会哭到最后。每次觉得已经被自己、被生活逼上悬崖寸步难行的时候，越是要往前行两步。这两步包含着你一路上的辛酸苦楚，也承载着你孤注一掷的洒脱和勇气。而往往就是这两步，改变了你之后的人生。

有一些失去的东西如果真的能够在往后的某一个时间点找回来的话，那么珍重的回忆也就不再那么重要。已经逝去的情谊、丢失了的宝贝，也许正是因为失去，才能够衬托那些你记得的过往，可能是互赠的一本小说，可能是在月下洒出的那一杯啤酒。

人没有办法去证明当初不同的选择，是否就一定能有一个绝对不同的结果。

其实生活中的绝大多数，如果是处于努力生活的状态，就已经足以抵御那些少部分的自私、冷漠、不堪和惴惴不安。也许是勤勤恳恳每日下厨的一日三餐，偶尔犒劳自己的米其林也不会觉得奢侈；也许是长时间温柔以待每一个人，少数时刻的崩溃和歇斯底里也不会被无限放大到聚光灯下被虎视眈眈。有了那些努力生活的绝大多数，也就不会有人非要逼着自己认错和改变。

阳光下被暴晒的时间足够长，即便是在夜间清冷的月光下，也能赤脚感受到脚下青砖传来的阵阵余温，那余温足以让你满怀着期待度过阴暗的漫漫长夜。

生活中有那么一些朋友，是需要被留住的，那是反照自己的一面镜子。也许是经济上，也许是事业上，甚至仅仅是你觉得比你优秀的一点点心性，对他们心底偶尔升起的一点点羡慕和嫉妒，能够成为无数个想要向生活低头、对人生认输的时刻支撑着你说绝不的心气。

能够点亮隧道尽头的那一点火光，让你不管不顾咬牙尽力向前狂奔，在某一个时刻，也许真的能够让你再往高蹦那么一点点。从某个角度来说，嫉妒，不见得是一件坏事，看得见嫉妒蔓延带来的疯狂和堕落，也要看得见嫉妒燃烧所激发自己努力的火花。

只是因为大多数人无法熟练地驾驭所谓的嫉妒、贪婪、悲伤与嗔痴，不代表这些情绪只要在心底升起，就会对生活产生毁灭性的影响。还有那些不愿提及的与生俱来的野性和血性，不见得代表着绝对的粗鲁和暴力，也许还有着侠义和洒脱。现代有一些思想主张要平和地和另一面消极不堪的自己共处，这当然会在一定程度上消除情绪对自己的影响，可想要走得更远，就必须要驾驭自己的情绪并为自己所用，张弛有度的前提不是平和地与自己相处，而是要知道自己的底部，见到过最不堪的自己，并有能力站在一个更高的维度去收放自己的每一秒。

人生的后半场，拼的不是讲道理学理论，也不是寻求一个万能公式让自己偷懒地应对所有困境，而是真切地把曾经吸收的知识和刻进骨髓的经验与教训运用到往后的每一个场景，知道每一个选择有怎样的代价，估得到自己的价值，也有能力揣摩别人的企图。"顺利"两个字暗含着除了表面的平和，还有即便发生的是第一百零一种可能也能够顺利的底气。

最近比较忙，有一些朋友惊讶于我上班的同时还有这么多的时间来写文、练字、画画……我不太想和你们分享我如何运用自己的时间来干这些事情，你们也不一定喜欢干那些我感兴趣的事情。

我想和你们分享的是，持续想办法让自己的脑子处于一个活跃的状态，对外界感兴趣和对生活充满期待的状态——你们也可以想到办法把生活塑造成千百种你们想要的模样，可是如何保持和刺激到你们自己呢？那也只有你们自己知道了。

## 小满

用战术上的勤奋来掩盖战略上的懒惰，是一件非常要命的事情，如同在葡萄园，无论用多么充足的阳光和多么珍贵的葡萄苗都不可能种出苹果一样。

逼着自己飞速地成长和逼着欺骗自己成长，完全不同。揠苗助长似的不去经历而假装明白，是灌多少经验和鸡汤都没有用的，算不上是真正成熟。

坦然接受那些爱与不爱，那些败仗就如同是旅途中不得不吃的一碗冷饭，虽然没有那么热爱，但是真处于困境当中，大方一点蹲在路边吃一碗残羹冷炙也没有什么，明白自己未来不会时时刻刻待在此处，终究是要站起来往远方赶路的。等到功成名就、觥筹交错的时候，也就不至于被身边的奉承迷惑，更不会被身边的钻戒晃瞎了眼。在生活达到你想要的样子之前，你得允许它有一个积累的过程。

女性有时候感觉到挫折并难以承受，其实承受能力取决于受到挫折时候的姿态。如果摔倒的姿态是可以接受的，痛不痛只有自己知道，但至少保住了体面。"风华"这个词本就是为女人而造。

强硬从来不体现在言语上，而是在姿态上，这是女性独有的特点。

男性从小被教育着吃得苦中苦，方为人上人，在社会的摸爬滚打里也不在乎曾经受过的种种委屈和挫折。反观女性的成长史，在太早的时候就知道安稳比奋斗要重要，从小身边几乎被不可抗拒的诱惑环绕着，被鼓励只要快乐安稳度过一生便是终极目标，以至于错过了转型期还在暗自庆幸着男人最好把自己的未来一起给奋斗了。

可人生短短几十年，经历几次经济危机也好，人生挫折也罢，这些困难发生得越晚，那些年少时的养尊处优越难在危机来临的第一时间就警觉起来，甚至拿出应对方案。

能够脚踏实地地按照自己的意愿去活，世界上几乎没有几个人能做到，而为了他人眼中的标准和世俗的期望去过，可能会太过辛苦，以至于走得太远忘了自己的模样。在当下这个处处潜藏着暗涌的社会，没有人可以说自己能独善其身。

建立自己的标准和体系，允许一定的留白，其必要性在于，哪一天自己真的花了一百分的力气朝着一个目标努力，可并没有很好的结果，也并不意味着自己错了，或者真的不够好。也许仅仅是运气不够好，留两分余地给运气。上纲上线太久，会闷出抑郁。

明白努力和好结果没有必然的联系，和承认优秀不是大道的所有通行证一样，是所有成年人应该明白和用理性思考的问题。

今天的快乐，也许就是拿昨天的难过换的。允许偶尔的差错和坏事的发生，就是一件好事。

有时候总结的经验也好，偶尔领悟的道理也罢，重要的是你清晰地记得当时的感受。如果你记得那个感受，那还记不记得那句话都不重要了

　　写在 2020 年的小满当日。

## 鱼和水

个人的命运本就与外界所有生物和事物的命运不同，可往往我们习惯的是捆绑，而不是解绑。在大海的征程里，总觉得是不是捆绑得越多，越能够抵御更高更强的风浪，其实未必。抱团越紧，也许碎得越分散。

每个人的命运本就不同，本就应该独立地融入大海中去寻找自己的方向，本就应该去见识风浪、见识海洋、见识孤岛、见识天地洪荒。

解绑，把自己看得渺小一些，融入海洋，成为海的一分子，哪里还恐惧什么风浪。自己，就是风浪的一分子。勇气，是一件需要信任的事情。

也许有一天，能够把自己当作任何人，明白任何人都可能是自己的时候，才算是真正的解绑。

　　鱼最难发现水的存在。大部分的人也很难意识到自己周围的生存环境究竟是怎样的。当你意识不到这是好的还是坏的，是清的还是浊的时，你就会真的把好坏、清浊当作环境去适应，而不是有鉴别地去选择。

　　实实在在地去思考、去反思，尝试着提出框架结构错误的可能性，是现代人经常缺乏的。永远用被灌输的概念去理解一直在发展中的世界，必然会过得艰辛。比如，承认对手的锋芒，避免与其过招，在某些可以选择的时刻、在某些谋求好结果的前提下，就是聪明的。

　　如果你真的觉得你是对的，但结果又确实让你无法接受，那么可以尝试假设你是错的，看看结果是否合理。

　　相信自己作为一个动物应有潜在的本能，会在很多十字路口帮助自己筛选掉潜在的危机。作为一个已经成年很久的动物，理应在这个阶段把身边都安排得稳妥，不应该把可控的意外比例提高。可是往往这样的情况太过于普遍，也许是因为习惯把所有的问题都归结于自身。

人生有两件事确实非常难。

一件是坚持去拿到自己想要的，长久的渴望；另外一件就是坚持去排除自己不想要的。有时候喊喊口号，我喜欢，我想要。这中间的区别就是，你究竟是仅仅对这个目标感兴趣，还是你真的想要。

看上去觉得是浅显易懂的道理，但真正明白和体会到又是另外一码事。

坚定地执行下去，才有可能打破前面的框架、镜子，不去在意世间的自己究竟是哪一张面容。

是谁让人养成了美这种刁钻的口味，酒窝是甜的，棱角分明是俊朗，长发是温顺……太容易变换的外表往往在人生岁月长河中被河底的石头磨得面目全非。

对于脸蛋和身材这种被大多数人当作可辨识的标准，有时候会觉得困惑。常常盯着眼前的人觉得看不清楚他的模样，不同的场合为了迎合而表现出的不同面孔。具有可辨识度的不应该是他的眉毛和棱角分明的脸庞，而应该是这个人的行为、声音、表情和眼神，这是经历多少年岁都不会随着性格改变的。

　　有想过冲上去撕下每一个人的外壳看看里面的模样，这当然是一种幼稚的想法，可是有时候看着镜子里的自己，居然也看不清楚到底是藏了一个谁。大脑不断地教唆着灵魂的重要性远胜于肉体疼痛，自尊所带来的快感远比肉体的满足重要，每个人都要习惯于控制自己，精准地控制自己，甚至只有精准地控制对方才算是王者。拉长自己人生的时间来看，这就是中年的幼稚。

　　仲夏的六月天，我踏踏实实地朝着自己想要的方向一步一步地走，内心无比充实。不需要去山间看河流，也无须去寺庙听傍晚的钟声，也不想听彼岸拍打沙滩的海浪声。这些本就在我心里，从未远去。

## 所谓心计

恰如其分的爱恨情仇，不会有丝毫的强迫和不甘。

哭得大声，不见得会引起大家的共情，可能更多的是别人看热闹般的指指点点。能够发现并且辨别自己情绪的产生，已属不易。

知道自己的愤怒、明白自己的不甘、看得清自己的嫉妒，这远远不够。还需要精准地表达和处理，避免被误解地通过语言、肢体、行为向外界充分地传达自己的想法，这太难了。大多数人只停留在能够分辨清楚这个阶段。

觉得内部被消耗的时候，总想着通过外部条件来弥补，随手抓到什么都想塞进胸腔来掩饰剧烈的心跳。可只有不向外索取情绪来稳定自己的时候，才是自我成全。

智慧这种东西本就已经超越了感情。君子论迹不论心。

如果套路和谋略的出发点不是双方或者三方受益，仅仅是单方面的压榨和欺骗，那么这种心计一定会被所有人唾弃。可会用的人不会说，不会用的人到处宣扬受过的伤。时间久了，心计就变成了贬义词。

成年人的世界不拿公平打架。

当看不清楚对方的内心，也分不清楚对方动机的时候，也许会粗暴地返回上一级，直接不动脑子地判断事情的对错。认定喜欢对自己甜言蜜语的男人就一定是身经百战的，视其为渣男。这就是迂腐地从结果出发不动脑子。

这种心计的重点不在于外在体现出来的手段和表象，而是侧重于心。

有能力用绝对的手段、情谊、能耐去爱自己想爱的人，并且不会过分地害怕突如其来的变数，方为大家手笔。

真情的浓度和经营人际关系的好坏没有太直接的关系，往往被外表吸引、被幽默吸引、被气场吸引所产生的情感在第一次见面的时候就已经将排位确定，这种排位被后续感情经营的手段影响的程度并不深。

你喜欢的是芝士蛋挞，给你再诱人的凤梨，哪怕是日日送你凤梨，你心里想的还是旧日的那一款在街角被风带出五里香的蛋挞。

人与人真正的相互吸引，不会产生任何的疑惑。如果你对这句话产生了疑惑，也许是因为在漫长的人生中还没有碰到这样的一类人。

总有一些触动是逃不开的，如同地震一般，不仅让你看到大地被撕裂，更能够清晰地看到原本就有的裂痕。未曾有光照进来的地方，不代表不曾出现裂痕和损伤。

每当这个时候，挣扎总是如此无力，在地震的时候不论想拼命地抓住什么，都会一起晃动得更厉害。只有自然、坦诚地接受它，变成地震的一个部分，承认自己的触动和变化，才能在震动中平稳地度过自己的流年。

　　这未必是一件坏事，对吗？

## 山中无甲子

　　一直觉得，欲望是感情里最好的一个部分。欲望驱使着感情的走向，有能力一次又一次地感受到心灵被撞击的悸动，才应该是感情中的信仰。若所有人的感情都能无风无浪，对自己和他人抱有极大的责任感固然是好的，可如若没有，能够在正确的规则下感觉到自己是活着的，也是好的。

　　更何况，这个世界大部分的快乐，来自规则之外。但无视规则和框架的存在，容易痴迷沉沦并堕落于其中无法自拔。有能力把控这个尺度，取决于你的智慧对于感情的影响力究竟有多大。

从某种程度上来说，感情遍地都是，而看起来活着的人不一定都活着。

对于某些直线思维者，非黑即白地去用规则、法律、框架判定，站在一定的制高点非要把对立方钉在柱子上，简单粗暴的以此获得心理上的优势和满足感，确实操作起来方便得多，简单直观得多。可正因如此，也证明了智慧的层次并不高。活了这么久，眼睛里依旧只看得到黑与白两种颜色，无法说这是活得足够纯粹，还是一种缺憾。

有时候太快地谴责对于规则的破坏，而没有考虑到在很多时候、在很多情况下，更具破坏性的不是简单地打破规则，而是固执不惜一切代价宁为玉碎不为瓦全的对于规则的坚持，这其实是一种偏执。

年少时爱过的人、打过的架、发过的誓言和留不住的人，都或多或少的在暗处刻在你不在意的地方。四季变换，太阳东升西落，总会有那么一个不经意的时刻，那些在暗处被风蚀过的印记会赤裸暴露在阳光下。大部分人对此有着足够的自信，相信那是已经被掩盖了的无迹无踪，但他们并不明白，所谓天知地知，天地，即为见证。哪有什么神不知鬼不觉。

回忆之所以有力量，是因为虽然当时的场景不复存在，可每忆起一次，带给你的感受可以直接把你拖进当时那个场景里面。每一个人都会在一段关系中进行重塑，不论这段关系是否已经结束，被重塑的那个部分会留在我们的身体里，成为我们的一部分，如同咀嚼过的食物最终变成了血和肉。

　　从我们决定踏进这个世界开始，必然会与其他人建立各种各样的联系，从这个角度来说，没有人可以独处。面具打磨得越好，会面对不同的人，自然地切换成不同的面孔，怀疑自己是不是依然有能力稳定一张张面具的能力。

　　拼命地想要给自己或者他人一个准确的定义，最终一定会失败。片面地去将真情和假装归类，大张旗鼓地去追求所谓的真实和诚实，才是虚伪。

　　只有放弃一些固执的追求、信仰，才可能更好地去理解和包容这个世界，理解我们自己。这不是一句空话。人生的最后，也许应该由自己理解这个世界到什么样的程度来评判。

## 尺度

被嘲笑过后,才知道自己堕落的底线在哪里;受过捧杀的女生,也会明白膨胀的尺度在哪里。

人生往往是一个如果跟着一个如果,一个决定套着另外一个决定,一个又一个看起来的偶然和无可奈何最终形成了现在的必然。

准则和标准在年轻的时候容易被社会上的刀子砍得面目全非而不自知,轻易被外界所动摇。这就是为什么在年轻的时候,走上巅峰是一件很危险的事情。这个阶段的想法过于沸腾,盲目相信着自己可以一条光辉大道走到底。

世界上本就有一部分快乐是需要拿悲伤和分离去交换的。

身份、角色、年纪、性别决定了人在某一个位子上的利益和风险。不是只要受伤了一定是自己哪里做得不够好，而是要有勇气承认，自己确实存在的这个事实。

鱼在水中，被捞起撒上胡椒，那么多鱼为什么只有这一条要做椒盐？鱼没有做什么，只是因为它是一条鱼。

当自己可以吃小鱼的时候不会觉得自己是一条鱼，怎么被捞起之后就开始想着要挣脱鱼的命运了呢？

抛开性别、年龄和身份，大自然的逻辑从来都是合理的。生而为人，喜、怒、忧、思、悲、恐、惊，本就是与生俱来的赏赐，猫咪从来不会因为权力和地位而动摇。如果被自我的情绪纠缠，试着想一想，是不是仅仅因为，高山是高山，流水是流水，树木从来只是树木，万千世界的属性不可改变。

那些执着沉迷于情绪的海洋里欲生欲死肝肠寸断的人们，挣脱不开的时候，是需要明白：情绪有多大，取决于你有多小；情绪有多小，取决于你有多大。

多去经历几次沉浮，才能够明白索取和给予的区别，卑微和骄傲的逻辑，偏执和洒脱的代价。只有被填充得足够丰满，才能够在遇到坎坷的时候有拿出来垫脚而过的资本。哪有凭空生出来的绝代风华。

坦诚这个词不见得在任何情境下都是褒义词。完整地向外人展现自我，不见得比有策略的循序渐进地推进人际关系要有效果。我们对吸引自己的那一些人，总会有一个准确的落脚点，也许是颜值，也许是身材，也许是学识，也许是经历。

可一旦一次性地把所有的缺点不加遮掩地抛出来，站在道德制高点居高临卜地叫嚣着要接受就要接受全部的我，这么做的时候可以掂量一下自己到底需要付出多少代价和成本去弥补彻底暴露的后果。很多时候人际关系不需要这么复杂，非亲近的关系，给对方想要的，就可以了。

对于所谓的看不起攀附和吹捧，不去朝着美好的事物和人靠近，不去追捧优秀，假清高的非要独善其身，这是低级的虚伪。优秀的人能够带给你的绝对不只是思维上的重构，还有实际行为上值得你学习和感染的力量。

最难的人生不是感觉被全世界抛弃，不被理解的人生，而是蠢而不自知，堕落又不彻底，腹黑却不够心狠，虚伪又不敞亮。

## 沟壑

活得太较真，不太容易快乐。可人要活得久了，可能拼的不是一个最初的圆满，而仅仅是在战役厮杀时活到下一场的机会。那些最初吸引你情绪的跌宕起伏也好，温柔如水也罢，甚至是不起波澜的平静，当初是怎么让你飞蛾扑火般不管不顾的，最终也许强有力吞噬你的可能是同一种东西。深潭之所以可怕，并不在于池水的深度，而是在于这一潭池水的波澜不惊。

讽刺的是，很多人宁可舍弃金钱、时间，付出高昂的成本，也不愿意放弃那么一点点的个人情绪。可真的不起一点情绪波澜的人，大抵根本体会不到什么是百转千回，什么是朝思暮想、热血沸腾，什么又是千金难买我乐意。

估计也分不清楚死亡和活着中间那条沟壑有多深。

那些看起来的成熟稳重，偶尔会透露出那么一丝"不明觉厉"。大众太急迫地想要找到一个成熟的标杆去切开示于众人，可真正的成熟哪有那么容易被切开。

城府和成熟本就是一对孪生兄弟，城府谋的是事，成熟谋的是人，都是控局。前者在意到达的高度，后者侧重于波及的广度。城府在如今算不得一个贬义词，可城府的爪牙是显而易见的。让人无法接受的从来不是清楚的事实和真相，而是对于真相的解释和理由。

当成熟被吹捧得足够高时，也就不会有人在意幼稚的代价。当现实变成成熟的代名词时，哪里会有人在意被成熟包裹着的内心，到底长成什么样子。仅仅被成熟的外表所吸引的，都是成熟在阳光下折射出来的光芒，那些彬彬有礼、温文尔雅是极易被虚伪披上的外壳。可经历得足够多，活得足够久，难道不是硬核存在的基础吗？

现在放眼望去，基本上只要是上了年纪、文质彬彬待人谦和有礼的人，都被称赞为成熟。太急躁地想给人贴上标签，根本来不及把头埋进水里看看冰山的下面是什么样子。

成熟真正影响人的，是格局、是睿智、是品德、是胸襟、是无私、是气节。把成熟用在洗衣做饭的呵护或者是包容情绪的方面，本就是杀鸡用牛刀。该有的支持、鼓励、聆听和产生的共鸣，容易拉近人与人之间的距离，可这些仅是成熟最基础的条件。

往深了挖，成熟对你忍耐的极限就是你前进的终点。开疆拓土你不要，指点江山你不求，那可能成熟对你真的没什么用。

与这样的人为伍，不一定要以时间来计算，而是最终这一段关系，后来让你成了怎样的自己。

当你开始慢慢看得到自己身上的变化，明白并承认这种良性的引导，而非对方用成熟压制着你开始用懂事、分寸、隐忍去迎合他的喜好。

对待他人更好一些，算不得伟大。更注重自己一点，也不见得是种高明的行为。

流于表面的讨好不是不好，人人都喜爱被赞美，哪怕只是被夸赞说今天精神真好。说不羡慕那些电影中女主喜极而泣的片段是假，可现实大多数的时候，楼下摆成心形的蜡烛或者再灿烂的花朵都抵不过一个无言的拥抱或者深夜的一通电话。

　　能够说得清楚的行为，都太过具体而容易被钉在过去的某一个时刻，那些说不清楚还未成型的，才有可能在未来显现出某种张力。

　　相比于曾经情绪被调动时外显出来的悲伤、愤怒、狂躁，现在更欣赏内心翻涌巨浪时，表面依旧克制礼貌的微笑。

　　岁月洪流里，熬得过背叛、欺骗、算计、承诺、焦虑和绝望，基本上也就没有什么能够摧毁你的了。

## 上海游

大片的梧桐叶子在风的反复摩挲下，发出沙沙的声响。上海的一切，都在梧桐树下发生。

清晨五点的武康路宁静得如同这里不曾有过繁华或衰败一般。

法式文艺复兴红色尖尖的房顶不规则地立在马路两边，那是近百年旧上海的一座座石碑，宋庆龄、巴金。《色戒》是写的这里，巴金的《团圆》是这里，辛亥革命的黄兴也在这里。

每一扇关着的门里都曾热闹非凡，有着权势的叱咤风云，也有散落的落寞心酸，埋藏着隐秘的过往，都在命运这只巨手揉捻多年后，混在扬起的灰尘里，最终恢复一片安宁。

历史碾压而过。

整座城市似乎是潮湿的，有那么一丝没有睡醒的空旷。吱吱嘎嘎的自行车徐徐而过，晃晃悠悠提着鸟笼的老人在等红灯，公园里拉二胡的大爷陶醉在这明暗交错的光线中，脑海中怕是已回到当年的光景。

不知道哪一户的窗户半掩，像是张开的嘴巴发不出声音，黑暗吞噬一切照入的光芒。门口残缺的藤椅上放着塌陷的黄色坐垫，背对门口坐着的老人拿着蒲扇浑浊地盯着前方泛黄的墙面。

转角飘来朽木地板的味道混杂着水泥地湿润的水分被蒸发的味道，在门前来来回回，抬头看到老梧桐树一点点的抽新芽，心中欢喜。

就是那么兜兜转转，没有一点防备地又走上了原来的那条路。窗户上曾经靠近过的痕迹在阳光的照射下透出隐隐约约的影子。隔着那一小块玻璃很努力地往里面看，什么也没有，空荡荡的教室，依旧是熟悉的场景。你明白，这里终究已经不一样了。

外面的人看不清，旧时的人也不曾向外窥探，终归是差了那么几年。

改了的餐馆，不变的报刊亭，消失了的小笼包，新开业的咖啡店。日子过得不像话，满墙的爬山虎簌簌地拍打着墙壁。

围墙上斑驳的红漆刷了一遍又一遍，在夹缝里有绿油油的鸭脚木和黄色的雏菊顽强生存，手里的热咖啡是一剂强心针，想想，好像你也是。

沿着墙根，看青苔爬满一寸一寸裸露的树根，蜘蛛张着大大的网，在风里摇摇晃晃。旅人蕉在灌木丛里看着人来人往。

今天来参加你的婚礼，曾经的那些回忆甚嚣尘上，彼此都有逆鳞，不知道这么多年又是靠着什么来抚平那些过往。腔调这一块，上海拿捏得死死的，你也是。

我饱含深意地路过一棵又一棵巨大的梧桐树，一时间不觉得自己是一个归来的游人。不敢走得太快，也不敢在路边吃得太饱，更不敢轻易去联系你们，一晃已经这么多年。

　　那个时候，路边的狗，裙子又丑又旧，尖叫的你，拉着的手，口里的酒，散不去的愁，耳边说着情深不寿，终是无人留。

## 出离

　　激烈的情绪起伏过后，不论之前是不是花了一百二十分的力气让自己一定要撑住，一根弦绷得太紧了，一旦松下来，像是被无声地切开了一个口子，血液缓缓流淌，那些愤怒、怀疑、失望、不安、羞耻在滚烫的血管中横冲直撞了很久，终于得以释放。

　　周遭安静得听得到对方的心跳，可那并不是活着的证明。

　　黑暗从四面八方包围过来，溺水一般灌到头顶，沉下去，四面八方的水拼命地寻找缝隙去挤压腹腔的空气，失去了想要倾诉的欲望，张了张嘴巴没有发出声音。那些没有答案的问题如同一个又一个气泡缓缓升到水面，罢了，今日放弃挣扎。

只有下定决心抛弃已获得的，忍受得了也许无所得的可能性，才有可能发现那些未知的。

每当看不清的表情逐渐在脑海中清晰，隐隐约约的预感被一个一个证实的时候，说不上是得意还是悲哀。我真厉害，可也是真难过。原来是真的，原来人心真的存在那么复杂、矛盾、隐秘、自私的无法启齿，原来确实有那么多对于过往的无能为力，有时候除了沉默和陪伴，什么也做不了。

人总是在某一些真正觉得被理解的时刻感觉被看见。

是在无数个寂静的夜晚从窗户投进来陪伴的白月光，是行走于茫茫人海偶遇故人的无处可藏，是年少独自蹲在墙根不可抑制泪流满面的悲伤，那些被全然理解的过往相互交织形成一张强有力的网，安稳地托着自己不在深海中继续沉沦下坠彷徨。

无关性别、年龄、身份和角色。这就是被看见的时刻，这就是人与人相互理解的力量。

强行撕下来的伪装总是让人难堪，裸露的肌肤在月光下看得清楚深深浅浅的道道伤疤，是暗夜里只能用手去感受的面目全非，狰狞地隐藏着过往，潜伏着等待随时撕咬靠近的任何猎物。

时间的漫长总会带来些许乏味，人与人之间从来不存在彻底和完整的拥有，离别也不是所有不愿去解决的矛盾和问题的避难所。

哪有那么容易就可以和命运达成共识，能够在你能解决的这个问题的时候及时地给你安排这个问题，往往是在你没有能力辨识出这个问题严重性的时候，就已经给你安排进了日程，并固执地不给你答案。

探索自己的边界是每个人这一生的必修课，没有人逃得过初一也能一定逃得过十五。欲望比运气大，能力满足不了需求，执行力又无法将想法落地的时候，必定会匆忙地去寻找一个可以遮掩的借口，这是低级的虚伪。

经历成就一个人的同时，也会限制住一个人。真正足够有勇气探过自己边界的人，凡事容易多一份敬畏和平等之心，我并不算一个在世上活了很久的人，但明白一个人的整体质感，是不能全然用年龄来衡量精神与灵魂的分量的，自然也不想做鸡同鸭讲的事情。

不是说别人的眼光统统不重要，而是过于把标准和世俗准则当回事，岁月过长，背负的东西终究会越来越重，总有一个时刻你会不明白自己为什么而活着。

如果可以，请把判定自己的权利，攥在自己手里。愿你们能够求仁得仁。

## 小时光

当有时候觉得身体到达疲惫极限的时候，脑子里面的东西反而会和原来不一样，不是说颠覆性的一定想要去做某一种事情，而是感觉到一种更为温和有指引性的张力。

你们总是碎碎念说人生可以平平无奇，安安稳稳，放松恣意地过。很早以前我有这么想过，也是这么做的，可是当运气被归纳到"能力"里面时，大多时候由不得自己选择就已经被选择了。

更何况，安稳和成长并不矛盾。

那些所谓"难得一时糊涂"的背后是已经到达了某一个无可奈何又无法突破的顶点之后的选择，可如今大多数人们是真的糊糊涂涂的就过了一生。

快乐大于痛苦的时候，没有人想去改变。可是所有的好事，都通过改变发生。

没有活在当下，或者说活在当下却被具体的事情所吸引，完全忘却了各种意外一定会在岁月中到来的可能性。

我真心不想和你们争辩什么是活在当下，懂的人不需要解释，需要解释的确实需要某种机缘。

这是生命本身的一种魔力。能不能在与死亡擦肩而过的时候获得顿悟，需要一些契机、勇气、取舍，更多的是自我多年心性的修为。

大多数人意识不到这个里面的偏差有多大。六十一个甲子，转到中间这个圈圈的时候，人在智力和体力达到一个客观的巅峰程度，但大多数人却没有尽全力去开发自己。明知自己开始慢慢领悟到曾经十几年前书本上的知识，随便运用一二就能够过得很好，却不愿意进一步去突破自己的边界，尝试触摸自我底线的滚烫和冰冷，算不算是一种遗憾？

二十岁刚好完成学业，能够从书本上走向实战才短短十年，黄金期不分男生和女生。没有意识这个问题或者出生就"躺赢"，是需要强大的实力和背景做支撑的，相比于身边的博士和"炫富的博士"，自己暂时还没有能力做到。

除掉天生的那些智慧，大部分的智慧是在后天被生活逼出来的，承认生活困境在某一个时刻自我的无能为力，并从各个角度坦然接受，不是拼尽全力想要去扭转乾坤，而是化身为困境中的一个分子，成为一时的困境，算不得什么大不了的事情。这个过程，即为智慧。

很有意思的是，从学术上来看，现代思想在不断地发展，各个流派在不断地完善、扩充，但是没有一个人敢说现代的哲学、思想就一定比古人高明，基本的困境和问题依旧没有得到解决。这是由人的属性决定的，生而为人，自然会碰到相似的困惑和问题。

如果你不曾碰到这样或者那样的问题，不曾抵达悲伤，又如何离开？

昨日晚餐，本是平平无奇的一顿工作餐，却因为隔壁桌过于吵闹愤而敲木板，但正是由于我敲了木板，才有了后来的两桌合为一桌，由不相识变为相识。人生就是有这么多机缘，让你放松下来看众生百态。虽然自己也是其中一员，但是偶尔把自己抽出来看，也能多明白一些东西。

如果昨天刚认识的姐姐们看到这篇文章，我很想和你们说，有时候，对一个问题执着太久，也许本身那个问题就是没有答案的，也说明那个问题已经被自己放得太大了。你们那么美，人生那么长。

我们都是通过他人，才成为自己。

## 有事钟无艳，无事夏迎春

　　一段关系当中的自私和无私是相对的。你认知的对方的自私，很大程度上和你的无私有关。也许他所表现出来的自私，仅是没有利己利到自己这一边而已。

　　过多地看中自身的欲望，本就是自私。而自知自私的人，根本就没有太多的欲望，乃至于对于这个世界的欲望都不大。都行，都好，自身过于渺小，人生短短数十年，谁都应该是自由的。

　　何必突然把情绪放大，很多时候往上跳一个程度也会释然，往下降一个程度根本没有那么多时间去思考。

爱一个人是否就是无私地付出、牺牲、成全，一心只愿他快乐开心？可同样，爱也可能是霸占、摧毁、破坏，为了得到对方而不择手段，甚至是故意要让对方伤心痛苦绝望，甚至不惜在必要的时候一拍两散、玉石俱焚。

有了任何问题，能够在当下解决就是最好的方式。问题如果发生的时候没有处理好，那么当下就是解决的最好时机。

大部分人所希望的，本质上是迫切地想更多地从别人身上得到一种可以覆盖或者转移自己注意力的情感。越是重心稳的人，在关系中得到的快乐，大部分来自明白自己是谁，以及究竟自我处在哪一个等级。

也许最终你会发现，给他人带来快乐、看到对方快乐表情的时刻，就是在给自己创造开心的时刻。这种内在翻涌而来的浪潮可以一波一波地持续很久，外界只不过是一面镜子，在恰当的时机显现出来。

拥有一段关系并不意味着获得幸福，大部分的关系并不会让人忘却关系中相互撕扯带来的伤痛，而拥有一段关系尤其是开始对对方失望的时候，恰巧也许才是真正明白什么是一段关系开始的时候。

如果自己经常在关系中觉得倦怠，也更容易被外界的光鲜亮丽所吸引，从而不断地在一段又一段不够深刻的关系当中跳来跳去，更容易丧失对人的信任。

外表看起来像是受到大多数人的喜爱，实则是自己明白自我没有能力在一段关系中坚持得太久，害怕暴露真实的自我，也害怕真实的自我没有人可以接受。可关系的推进，除掉第一眼原则之外，就是靠着后期岁月洪流中双方共同经历的磨难、成长，那些共同付出的时刻，逐渐堆砌累积，从而建造一个属于双方的外壳。

在这个过程中不断和对方妥协，不断和生活妥协，明白活着、好好活着本就是一件艰难的事情。

生活中一个巴掌一个枣在大部分时候，已经算是公平的了。不算是好听，可确实是硬道理。

根据自身的实力大小，可以放大枣子的甜度，也可以适当地减少巴掌带来的疼痛。个人不喜欢这种公平，可我喜欢与否和这个事情存在与否没有必然的联系。

大家不要觉得精神不开心的情况下，伺候好自己的皮囊，肉体开心也是一种幸福。如果真的这么幸福的话，那么声色场所可能成为这个世界的中流砥柱了。

承认男女的生理构造不同，了解个体差异之后，面对某一些困境和无能为力，不见得会让你更加难受，说不定还会让你释然很多。

## 绝对占有，相对自由

爱一个人是绝对占有，又相对自由。过度贪图关系中的情绪价值，就是在给自己下毒药。

一段关系的沉淀和稳定长久，除去幸运地碰见理想型之外，还需要互相能力的认可、相处时的默契、偶尔的幽默和情趣、遇到困难时的相互鼓励，以及所谓的不离不弃。

在岁月的洪流中，相互扶持，肝胆相照，已经需要花费大量的精力和时间，生活的重重考验从来不会手软。多一些主动讨对方欢心，也没什么大不了。撒娇的时候没有谁会去炫耀自己曾经得过几个三好学生，或者游戏上又获得了什么装备。

脸皮这个东西在恋爱里面本来就是没有的。优秀和魅力，本质上不是靠脸皮。

女人被宠爱，一半是你本身在别人眼中的价值，还有一半是女人自己对自己的评估。

选择上的自由反而有时候是需要一定程度上的自私才能够获得的。可一旦发现自私的代价过于沉重，远远超过了可交换的愉悦和自我可以承受的范围，那么自私是完全可以被克制的。

得寸进尺是代价，忍辱负重是代价，转身离开也是代价。

了解承认自己是一个怎样的人，而不应该由其他人来指指点点。

这个的前提是，足够了解你自己。重申一遍原因：因为当你只是嘴上说没有人比我更了解我自己的时候，世俗、道德，甚至任何人的三观都可能绑架你。

其他人对你的抨击或者乱七八糟的意见，这些都应该早早地存在于你的意识范围内，是可以提前预见的，与此同时你也应该想清楚自己对这些意见的结论。既勇于展示自己的优势，也承认得了自己的弱项，这根本不算英雄气短。

对他人的意见可以接受，可以采纳，也可以反驳，但是不包括不知所措的惊慌和自我怀疑。

总有一些女性会从命理或者世俗的角度去考虑，觉得女性有一些天职或者这个社会已然是这个样子，为什么还要去拼个头破血流。

可有一点被过度地解读和放大，大部分人没有意识到。先天的成分固然是要被考虑进去的——天赋、悟性、机缘，可这些影响因素在很大程度上只会存在于你后天的能力已经满格之上，绝大多数人达不到。

时间越长，同样努力的情况下，累积到一定的时间和能力，最终拼的，就是运气、机缘、天赋。

可大部分人直接就放弃了。

自然界是公平的，时间拉长来看，在一等一的情况下，天分差一点的能人也可以去挑战不够勤奋的天才。

天分好的人不存在时间限制，所以不会在乎那些名利、权位、金银。可他们依然会在乎快乐，会想方设法地让自己开心。

上面说的哪一样是可以长长久久的？天价去拍一个古董，古董只要不被毁灭一定会比你长久于世，充其量我们都只是物质的保管者。

世界上有一部分的不快乐，是因为你错误地觉得这些东西是其物质本身。可实际上的不快乐在于，你错误地希望它们不该是其物质本身。

人就是如此复杂的生物，偶尔觉得自己输了，偶尔自己也会赢，有什么大不了，生而为人本就是起起落落，当然也可能起，落、落、落。

套用你的四个字送给大家，"大可不必"。

## 关系

　　当然也存在无法正视自己的某些时刻，不见得只有回忆可以摧毁一个人，似曾相识的场景也可以，似曾相识的情况下无解的时刻也可以，甚至是相似的人偶然间问了一个很久以前你找不到答案的问题，也可以。

　　可又有什么办法，只能一遍一遍地告诉自己，虽然这每一刻的痛苦和煎熬都是真的，但我未来不止这一个时刻，我不会时时刻刻都待在这里，熬过去就好了。

　　有时候情绪上来了，哪怕是可以识别出来的情绪，也没有办法瞬间平复，起伏的胸口和急促的呼吸都在提醒自己还是一个活着的人。那些挣扎和焦虑让人重新认识自己，虽然也会感觉到挫败和失望，可生活在达到自己期望的样子之前，得承认和允许它有一个积累的过程。

心里有希望的时候，焦虑的时刻也就容易得多。

那些好的，那些坏的，其实无关对错，我们爱他人或许是有着这样或者那样的条件，也许是喜欢穿白衬衫的女生，也许是喜欢长头发的女生，也许就是特别中意聪明的女生。

可我们对于自己的爱，不应该有条件。不论我们是否认可自身的价值，我们都要爱自己。

被岁月碾压的过程中，有时候会为与他人的关系承担很多，以至于自己长大了，也没有学会把属于对方的关系还给对方。为父母的婚姻承担期望，为手足的命运承担羁绊，明白和理解他们的苦楚，可同样需要明白，那不是自己所要承受的。

背着压力长大的孩子，学不会放下。

小时候许下的愿望随着成长总是会变，尤其是那些还没有来得及实现的愿望。实现了的愿望是幸福，只要能够继续往前走，实现不了的愿望也会变，不被一时的愿望困住，那么总会有命运这只大手推着你往前走。

天下没有完美的计划，也不会有所谓的按部就班的一步不差。

很多事情也许就是要先变坏，再变好。你承认自己坏也好，无法接受自我也好，无法接受的那一部分其实已经被抗拒在自我之外，但那仍是一部分的你。当下自己并没有变得比原来更好，不论是逃避也好，觉得羞愧也罢，正处在一个离开过去且尚并没有到达未来的地方。也许会在这种状态下觉得沮丧和挫败，可放长眼光来看，这也只是一个过程。你无法否认，伤害的确可以转化为往后的经验和教训。

承受力有时候就是这么势力又霸道，欺负新人的时候毫不手软。

从未遇见坏事和坏人，算是一种平安顺遂，但人生也因此失去了厚度。没有什么空穴来风、浑然天成的美艳和高贵，这个过程没有你们想的那么唯美。

现实不买逻辑和理论的账，这个也很正常。

太用力地去抓一个东西，最终也会很容易失去它。爱一个人的时候才会觉得孤独，想时刻去填补身边的空缺，反而孤身一人的时候觉得轻松肆意。

其实人与人大部分的关系，在开始的时候就是为了追求它的结束。这么想想，分离，也就不会那么难过了。

## 海风微凉

能够感受到注入的滚烫和碎裂的时刻，持续到僵硬、麻木、抖动、紧张，最直观的解释就是人能够仅凭肉身获得一切的欲望和感情。

肉身如此容易被毁坏，刺穿、割裂、摩擦、灼伤，哪怕仅仅是阳光都能够在其表面轻易地留下痕迹。肉身的感官形成的感受无所谓善恶，因此人是很容易做得到趋乐避苦的。任何人都一样，此为人性。

但凡明白理论和现实的差异，都不会轻易拿着理论去对照现实。肉体的感官决定着理性的程度，而理性的数量决定着环境的好坏，而环境则影响着每一个个体的精神感官、肉体感受，这是一个闭环。

最终这个环的大小，也就是现如今社会上法律和道德的约束范围。

如果说文字会遮掩、言语会欺骗、外表可能伪装，那么感觉，是不会骗人的。捏大腿上的肉，疼就是疼，扎在胸口的刀，痛就是痛。有条件的情况下，尽可能地顺从自己内心的选择，不然很容易陷入循环往复的状态，侵入性从来不挑场合地质问自己，沉湎于过去会干扰做决定时的判断。

所有人都知道意识的产物不可能超过意识本身，有时候依旧忍不住想要挣扎和反抗一下看看。

一段关系当中，什么是控制？什么是选择？

这是两个层面的事情。前者对应着马斯洛需求理论最低的那个层级的需求，决定着双方是否有可能往上面那个层面发展。后者对应着这段关系能够走多远，究竟是面包重要还是情感更重要，以及究竟怎样做才能够达到一个共生的阶段。

用绳子不可能拴得住一个人，靠别人的要求来生活是根本谈不上自由的。凭借双方的控制和要求在一起的人，总会被对方用刀砍掉一部分的自我，企图强行拼在一起。自我感觉被剥夺，是没有信任可言的。

　　坦诚不见得是增进感情的最佳方式，过于赤裸地把血淋淋的一面展现出来，是没有明白隐私就是在调节和他人的互动，以达到让自己和双方都舒服的一个状态。这不是拒绝、孤僻的代名词，体面在各方面都需要被完善。

　　或者说，在一段关系当中，大部分需要考虑的并不是完整或者不完整地暴露自己，而是在多大的程度上放弃这一部分的掌控，把主动权让给对方，以换取进一步发展的可能性。

　　所有的人都应该是完整的，所有的人都应该是自由的，所有的人都可以以观察者的身份走完这短短数十载。

　　在完成了对于"控制"的理解过后，探索自我边界的过程，就是选择的过程，扔出去一些东西，明白可以再填一部分进来，更不害怕空在那里。

这决定着后期身边伙伴的选择，究竟是拼命把蛋糕做大，还是研究如何把蛋糕做得最符合自己的口味。

　　情感只是生活这棵树最终结出来的果实，有的酸、有的烂、有的甜、有的大、有的小，有的都没熟就掉了，也有的根本就不是可以结果子的树。有时候真的没有办法在玫瑰园里面要求玫瑰花的枝丫结出西瓜。

## 走过场

人生就是在扎扎实实地走过场。

失去理智是人对于感情最大的一种诚意。大部分人所依赖的也许并不是某一个人，而是这个人可以接纳自己特别的地方。

走过场的过程中不断遇见是一件很偶然的事情，而重点应该在于如何珍视这种偶然，而不是所有的偶然必须要结出成熟的果子，毕竟偶然只是一种概率，要求越多，得到的越少，期望越大，失望越彻底。

面对麻烦和痛苦，如果你被动接受，就只会把麻烦和痛苦合理化，最终永远活在麻烦和痛苦里。

一段良性的人际关系，前提一定是你觉得这可以给自己和周围的人带来一些什么，而不是去占有一些什么。

不会完全要求双方把自由作为关系的献祭和筹码，仅遵守绝不滥用这一权利的规则。

生而为人，除了能够识别出自我产生的情绪以外，很重要的一点是，识别出来之后如何去处理。欢喜、激动、兴奋、紧张都很容易识别，也很容易处理，接纳就好。

羞愧、自私、贪念、恐惧也很容易识别，可是不容易处理，会存在一定否定自我的可能性。

假装自己感受不到不是一种明智的伪装，因为在自我平复的过程中要靠自我催眠 —— 觉得"这没什么大不了"，来给自己穿上一层外壳才能够在室外行走。

根本没有意识到这些情绪是会对我们造成伤害的。如果意识不到，就处于一种既无法接受情绪的挑战，也无法直面自己的状态。长此以往，这些情绪会滋生其他的压力，那么这种伤害会继续加深。

但从某一个角度来说，有能力识别自我情绪的时候，每一次面对，都能够进一步摸清楚自我的边界在什么地方。

每一次情绪产生，都是一次绝佳直面它的机会，感知到自己真实的力量，这也算是一种成长。

而自我的满足感和安全感，之所以能够忠实地守护着我们，也就是在这一次一次的自我挑战的过程中，明白自我可以很好地去面对和处理这些事情，从而慢慢自信。可一旦超出了自我能力的范畴，能力有限带来的无所适从会打破这种安全感，进而开始焦虑。

容易被预测和容易被渴望是一对孪生兄弟。

当一个人容易被预测的时候，预测他人的掌控力会暴增，从而导致更加期待和渴望自我判断的正确性。

经历过挫败的人际关系之后，也许是因为自私失去了朋友，也许是因为任性失去了恋人，会有一段时间思考什么是包容，对自己接纳，也对别人接纳。可包容不是简单的点头说好，也不是无条件的退让，包容需要很大的智慧。

　　什么时候该进，什么时候该退，是一种我舒服、周围的人也舒服的状态。能够照顾到每一个人的情绪，并且不失掉自我，是不是很难？

## 保持愚蠢

最近见了几个小姐姐，现实比电视剧精彩得多，如果都是一成不变顺顺利利共度余生，世界上也会少好多妖孽，至少从某种角度上来说，妖孽是个褒义词。

有过强烈情感纠葛的人，微信删除、电话拉黑，所谓形同陌路，是怎样一种形同陌路？只要这个人一个眼神一句话还能够让你有情绪波澜，厌恶也好，欢喜也罢，拼命按捺遮掩的跌宕起伏都在告诉自己，没有什么形同陌路、分道扬镳。

不要有什么侥幸的心理，承认了也就放下了。不要高估自己，也没有必要贬低对方。

去纠结和替别人找借口是不明智的行为，毕竟已经不一致了，但是基本面不会错。更何况被欺骗的时候，不要去管他为什么欺骗，无非是自私，搞清楚怎么把自己抽离出来就好了。世界上的快乐和痛苦本就不太容易完全分得清楚，那么至少求一个货真价实。

想清楚了是不是要和对方组队，有时候是需要脱离生存和繁衍这个角度来看问题的。有主见的人或者真正考虑过自己想要什么的人，不会在意这些表面的东西，也许会选择赌一把；可没有主见的人只会害怕冲突，因为那是超出自己能力解决范畴的。只要是能够对自己的行为负责，想清楚了组队的程序，就不太容易挑到差的队友。

相处的过程当中，要特别当心那些只能是理由不能是借口的言语，它们往往夹杂着不可告人的动机，这些动机往往比相应的行为更加危险。

自由只适合勇敢和饱满的人，对于那些连自己的思想和行为都无法掌控的人只会加速其灭亡，或在危险的边缘疯狂地试探，最终无可避免地堕落。总是想要去挣扎或者摆脱某一种束缚，其实与真正的自由背道而驰。误以为为所欲为是自由的本来面目，最终选择过上不动脑子也无须自控的生活。在某种程度上，法律和道德是他们的保护伞。

有时候会分不清楚是应该追求自我还是要忠于某一些规则，是应该豪赌一次还是应该得过且过地安于现状。这就是现如今大部分人的挣扎，也是普通人活在这个世界上在每一个人生阶段都应该思考的问题。

从一个人生阶段走到另一个人生阶段，总有些事情就是为了让你干了以后后悔而设计的，所以不管你怎么做，最终都会后悔，那么不如承认就好了，这只是一个必经的阶段。

真正的理性不是一个人能够说了算，而是不用人性的弱点去挑战理性。不是说理性不好，只是理性不是解决所有问题的钥匙。

保持愚蠢，又不能知道自己到底有多蠢。

## 完整

完整是一个动词，而不是一个形容词。

爱得太用力的人，不太适合爱。某种程度上的全力以赴不算褒义词。那么渴望得到别人的认可，是不是只是想证明自己是值得的？总是应该留一些需要给自己。

尝试着先把自己填满，否则你没有东西可以给到别人。

不开心的时候就去看看天空。

天地浩然，中间是空的吗？真的什么都没有吗？远方云卷云舒，太阳光芒万丈，地上万物生长，这中间不正是一个满满当当有着烟火气的人间吗？

作为一个成年人，具有直面处理复杂问题的勇气，以及看到复杂关系的能力，以及明白复杂关系对应的复杂世界，才能够真正地面对与成长。

过于爱自己的人，不太可能分出很多的爱给其他人，不是说不愿意，是确实没有余力，说好听了是自爱，说不好听是自私。可这种自我保护从某种程度上来说，能够扎扎实实地在时间的洪流中免去一些苦楚。

人与人的关系本身就是复杂的，不论是哪一种，父子也会有竞争，母女也可能结下怨恨，更何况是面对准备结盟的外部世界的盟友。如果一定要把一个复杂的问题幼稚化地去对待，一定会后悔。

有一些执念之所以成为执念，有一部分是因为我们反复在强调着要和不要，挣扎的过程当中在不断地自我强调它的存在。时间久了，有一些念头就和长在自己身上一样，再也无法切除，变成了自我的一部分。也许有一部分人会以此来强调和纪念，只有这样他们才不会忘记，才能够时刻警醒自己不要再犯同一种错误。

可与此同时，他们也再无法洒脱，也再不能承认，自己可以犯同一种错误。

犯错，也是可以的。

绝不允许自己出错的人生，始终是活在自我禁锢的笼子里。

时间有很大的延缓作用。它给我们再次评价和选择的机会，想清楚那些是不是自己想要的。

当自我的意志力不够坚定的时候，人们还害怕冲突。

不仅仅是自我和外部的冲突、外部和外部的冲突，还有自我和自我的冲突。这种对于冲突的害怕会远超过我们对于想要事物的向往。每当理智强调自我应该这么去做的时候，情感总是处于自我保护的状态不愿意放手。

如果我们真的想要一个东西，渴望它，长久地渴望它，心无旁骛地渴望它，这样一定会有一些别的东西被我们创造出来。而不是不断地想着如何不要一些不想要的东西，这样会分散我们的注意力，从而导致思想被分离。

今天中午闭眼睛的时候，又把过去的你们都回忆了一遍，不在意曾经的撕裂和酸楚，你们带给我的快乐远胜过那些最后的不堪和过往。

我记得那些深夜马路边的陪伴，记得青石板从脚底钻上来的滚烫，记得被骗的苹果醋的酸甜，记得你歪着头一脸痞笑地说顺其自然，以至于往后碰到的每一个人都会试探地去找找看，是不是相似的你。

执念就是长在身上的肿瘤，时间久了，也就成了自身的一部分。那些你们教会我的，都顽强地活在我身上。很多时候明知道不是好习惯，还是想要保留下来，就好像从来不曾和你们分离。

这是曾经想靠近你们，学会爱这个世界的一种方式。我一直没有放下它们，我要带着你们教会我的，好好地去爱身边的人。散落天涯的朋友们啊，我一直在想念着你们。

一想到这个世界的明亮，也有你们发光的一部分，就给了我好好生活的无限勇气。也许在未来的某一天我们再相见，不论多少年，互相都可以自豪地说不枉认识你一场。就是因为认识你们，才互相照亮了一条大路，成了今天的模样。

希望你们都能够很好地生活，才对得起曾经的分离。

## 年复一年

春夏秋冬年复一年，这几年的生日我总是陪着你过，今年你说要出远门，于是提前了三周约饭。人不仅仅只会在自己生日的时候意识到时间的流逝和岁月的无情，也会在一年当中若干好友生日聚餐的时候感慨人类肉身的脆弱。对于给你们当树洞和通道这件事情，我愿意尽我最大的限度来帮你们。

没有人有资格站在别人的位置来评判对错，我只是静静地不带任何判断和预设，在你们需要的时候，出现在那里而已。

没有完全的感同身受，贸然共情的处理方式看起来就像是虚情假意。

有一些事情我们彼此都没有再深入地往下聊，因为太清楚接下来的路自己要怎么走，牵扯太多，不如珍惜当下，打个趣，干个杯，也就过了。

老友的庆祝方式，不见得是跳动的烛火，也许是酒里的烈，也许是茶里的苦，也许是鼻子里的酸，也许是深夜删了又发发了又撤的消息，也许是电话那头轻轻弹掉的点点烟灰。

感情里每个人要的不一样，有的人要轰轰烈烈跌宕起伏，有的人要固执的真实结果，有的人只享受这个不知道多久时间的过程。还有的人要钱，要存在感，要不满足和不甘心。

本能、情感、理智，轮番影响着我们。可少有人可以完全地驾驭自我，于是无所适从，被迷惑，被催眠，被感情和观念牵着走，才有了各种各样的荒唐、狗血、纠缠、迷惘。

这个时候是遇不到良人的，最习惯的自我欺骗和压力一起出现的时候，不甘心和不知足就一起出现蒙蔽双眼，拉着自我往悬崖下跳。

拒绝现实和拒绝自我的最直接结果，就是逃。死命地逃。

如胶似漆和肝胆相照都是维持一段感情的必备条件。少了哪一面，都会觉得有一些陈乏可善。你看，人类就是如此贪婪。

欲望是一条无止境的路，所有人都在这条大路上狂奔，一直到死。聪明的人会给欲望设立一个目标，实现了就停下来。

总是有一种拼命想要最深层次满足自我的欲望，可现实是，生存和压力可以成为一切堕落的借口和理由。

看着你们在红尘里面起起伏伏，虽说没有跟着你们入戏，但是也会有一些不经意的细节，会在自我复盘的时候跳出来。

真的是我看到的这样吗？我做错了没有？现在不做

我以后会不会后悔？有没有可能真的能够克制自己？

人与人之间和平共处，不起一丝波澜，是不是一种好的状态？曾经有想过极致的人与人的关系，应该是完全的契合，各方面因为吻合，一个眼神和动作就能够化解所有的风险。

后来慢慢成长，暂且不论是不是存在完全契合的这样两个人，也经历过无数的争吵和数次的分离，此时年长，只觉得当时人与人之间的关系，颇为生动和具体。只是因为太过于年轻，觉得频繁的争吵过于消耗关系本身。

那些幼稚青涩的为了得到的不择手段，回想起来都不觉得尴尬和丢脸，反而十分有趣和洒脱。

珍惜自己现有的冲动，合理地运用这种冲动，那也许是仅存的最真实的自己，越年长，这种冲动会不断下降。被年纪，被生活，被压力和无法安放的焦躁按压得没有弹性和空间。

更何况，这个世界的混沌和人性的复杂，根本不存在什么别人给的答案，也没有什么万用定律和黄金法则，更没有什么"人人都要走的路"，甚至连你们偏执要问的问题，都不一定是存在的。

　　能发自内心地看清楚自己、驾驭自己、控制自己，看得清现在迷惑我们的本质，就会发现这一切，究竟有多荒唐。

## 不眠

能理解太多人的人，不太可能同样被理解。能够称之为大海的，早就分不清楚海水中汇入的究竟是哪一条河流。

曾经自以为越年长，越能够从经验、时间上汲取更多，从而弥补自身的不足，最终变得完整。可随着岁月流逝，逐渐发现，也许是越年长，越残缺。

总有那么一些在环境和自我拉扯厮磨下破败，最终因为得不到弥补而永久剥落，总有那么一些角落宁可一直空下去也不想随意堆砌。

最终不是在意是否真的圆满和完整，也许更关注于自我的延展是否到了满意的程度。人生来本就不同，何必最终要统统整齐划一地求一个圆满。

凡是让自己的生命更加厚重的人或者事情都应该心存感激，不论这结果不尽如人意是因为当初的情义不够真、决心不够多，还是勇气不够足，都不要那么在意，毕竟人心本就反复无常，欲望从来都是高低起伏。

本质上处于灰色地带时，去自我压抑或者用道德去规劝，都可能因为承受不了心里的压力，把本不至于这么着急去求一个结果的事情用冲动和快刀斩乱麻去解决。

珍惜自己能够被触发的力量，不要一味认定与世俗和标准不一致的就一定是恶劣的，是堕落的，是万劫不复的。而是要意识到，这股力量是能够给人带来蜕变的机会，只要能够激活自己，哪怕只是一部分的自己，哪怕只是短暂的一段时间，都弥足珍贵。

有时候这股力量离开自己的时间太过久远，或者从来没有出现过，以至于被触发的时候拼命地要给这股力量附加上一切能够附加的东西，我们称之为上瘾。其实只是自我迷恋上了那一股离开自己很久的力量。

不论这股力量是不是苦恼的、悲伤的，甚至是让人混乱的，人们仍然一股脑地如刀尖舔蜜一般地无法自拔，安慰自我，这总比让人恐惧的一摊死水要强吧。

分散自我一部分的注意力，就能够在一定程度上减轻现阶段的某些压力和痛苦，不论分散你的是什么，麻痹你的是什么。

困难可以提高各种热情，它能吸引我们的注意力，引发我们的征服欲，从而产生滋养我们的情感。

嫉妒虽然痛苦，可若是感情中完全没有这种情感的存在，就算不得完整的真切情谊，也无法增强见面的欲望和甜蜜。

充分感受自我克制的过程，尝试着用理智来一点点约束自己。世间有一部分的快乐本就是用克制交换来的。

时间从来都是救你于深渊，之后又随时准备将你推入新的深渊。

生命的神奇之处就在于，我们只有这一次机会，没有办法通过比较来检验人生的选择到底是好还是坏。只要想到那些折磨着自我的两难选择都会随着生命的消逝而不复存在，再碰到难以抉择的问题就能够洒脱许多。

想要千秋万代一统江湖的，会发现既没有千秋万代，连一桶糨糊都难说；想活得不食人间烟火的，最终又离不开人间烟火。一个成年人最终的样子并非自己想象中的样子。

## 选择

大多数时候我们的身体比语言要诚实许多，有时候必须承认有些事情很难完成。凡是活着的世间万物，自然界中的一切生物都是按照自己的生存方式在生长、在防御、在表达，在明确想要生存的意愿以及抵抗一切反对的力量。

也存在小部分时间，明白隐忍无法换取生活的安稳，长时间的隐忍是一件极其辛苦的事情，如果一定要隐忍，要么选择对想爱的人，要么选择对有用的人。

所有仅靠运气碰上的幸福，工作也好，婚姻也好，事业也罢，握在手里的时候总是少了几分实至名归的底气。会有一个细小的声音在耳边碎碎地问：如果当初你没有这份运气呢？如果这份运气耗光了呢？

人性本身，你以为深谙其道，却非要等到它骤然变脸，才知道环境、利益、权势、名声、金钱可以把人性的复杂展现得淋漓尽致，底色诡谲。

别回味细节，别假设可能。

社会的复杂性和人性的复杂性相交织，道德看起来是对所有人敞开，并提供庇护所，可实际上，它却明确了一个严格的步骤和框架，所有人必须要满足同一个标准，所有溢出的、肆意生长的都将视为不合规。

不论至亲的人做了什么，和为贵，原谅的底色必须要远远大于被伤害的程度；不论枕边人诡谲到何种地步，白纸黑字签下的婚书，意味着必须要相爱和忠诚一直到死。

要满足这样的标准和规则，没有人活得完整。

三十多岁是一个很有意思的年纪，有些人觉得此时羽翼比年轻的时候更加丰满，可以用前十几年的眼界和经历去开辟往后的电闪雷鸣。

也有人从三十岁开始衰老，学着五十岁的人啤酒泡枸杞。这个年纪最可怕的毛病就是把一切的希望都寄托在自己的老年生活上。每一天都在盘算着今日省下多少钱，忍气吞声地干完手头的工作，好换取一个有尊严有自由的老年。

中年人没有当下。

曾经的愤世嫉俗消失了，和自我有了一定的和解，早年的对手不见了，更多的是拼尽全力在照顾身边的老老少少。照顾他人，至少占了中年人的半壁江山。当忘记了自己的年纪时，一会儿要想着填补少年时候的梦想，一会儿又要预备着自己的老年生活，做选择的时候会站在中间权衡许久。

在有条件时的最优解是绝大部人生活的真相。学不会妥协，就永远无法和贪婪做斗争。

选择了长情和陪伴，就失去了诗和远方；选择了安稳，势必会远离颠沛流离中的激荡和火花。有一些选择之所以显得珍贵，是因为对被放弃那一部分的重视。

　　年轻的时候从表达选择、逃避责任、放弃选择，在人与人的冲突中抢夺自我的意识，最终确立边界并自我解放。这是一个很漫长的过程，有一些人终其一生都学不会。

　　是选择塑造了我们现在的人生，说得具体一些，选择本身，就是人生。而有一些选择，愿你不必百度，也能找到答案。

# 一念起

世俗意义上的有粥可温，有人可立黄昏，每每有人说起，偶尔还是会有些欣羡。沈复《浮生六记》给后人塑造了一个世外桃源，逝去的人是一个不可超越的顶峰。之前无人可企及，之后无人可攀登。但是不妨碍人们前赴后继地幻想着"闲时与你立黄昏，灶前笑问粥可温"。

那些输给岁月割肉离场的，后半生都在无法被超越的回忆中度过。是该羡慕他们曾经拥有，还是应该安抚他们省掉了后面婚姻里的不堪和挣扎？

孤独和爱本是同一个根源，孤独是因为爱着而不可得，而爱无非是因为看见了他人的孤独。这两种体验的深度是一样的，因为孤独的不可消除，使得爱成了无止境的追求。

小时候被剧透太多的道理，从某种程度上促进了成熟的速度，但是也剥夺了被现实碾压的时候对于痛苦的承受力。

当你觉得自己没有准备好时，你就是没有准备好。

成年人的幸福往往来自对于自我认定的程度和梦想保留的多少。那些生活给予我们的爱和勇气，从来都是首先要被坚信，才有可能变为现实。善恶到头终有报，不仅仅是存在于书本上的知识，是跌倒时支撑着一定要爬起来的信念。

只有首先坚信这些美好的存在，认定这些美好对自己的意义，它们才有存在的意义。一旦有一天没有人再关心呵护你，没有人给你出谋划策，也没有人在哭泣时借你一个肩膀，起码你记得曾经的他们告诉过你的，只要你坚信你值得，终会有他人继续陪伴。

聪明的人会选择在某一些时刻相信那些看起来虚无

缥缈的东西，恰恰正是这些看起来不切实际的可笑幼稚的念头，会让人心底升起一往无前、好好生活的勇气和决心，选择继续在这个滚滚红尘里面挣扎和等待。

最终不是逃离肉体的躯壳，也不是离开这滚滚红尘，而是走出时间。

有时候容易因为迷恋对方某一面的特质，放大，从而导致形成过高的情感期待，反而降低了对于瑕疵的容忍程度。再加上运气的成分，多少会让人时不时地感叹命运无常。

圣人也会有虚伪的一面，盗贼也会有善良的高光时刻，可人们因为对于完美的不切实际的追求，往往会对于粗糙破败灵魂偶尔闪现的亮光视若珍宝，而对于纯净明亮的眼眸却容不下一粒沙子。

我一点也不想活成别人的样子，也不想成为被期待的对象，对于光宗耀祖这种累人的事情也没有多大兴趣，如果可以，只是为了活着本身而活着，不是为了活着之外的任何事物而活着。

所谓的自律，不是强硬地依靠外界力量的约束，而是我自主"可以"的自由选择。

生活从来是只属于我们自己的独有感受，无关他人的任何看法。

## 平凡无奇

　　最近经历了一段时间的折磨，终于开始调整到一个比较好的状态，即使忙碌，也感觉每一天都有所得。不见得是知识面的拓展，但是每每收到你们转来的新闻和信息，都有一种奇怪的知识又增加了的感觉，也有去细化生活中的分类，尝试着让自己跟得上期望的节奏。

　　这是一种即使我就是一个平平无奇的小人物，在这个世界的犄角旯旮，也在勤奋努力闪光的感觉。我既不是君子，这个年纪也算不得是小女人，但依旧尝试着把自己想要的，不论多少年都要落地的这种固执传达给你们，也想尝试着影响你们，可以用自己十足的能耐去爱自己想爱的人、保护想保护的人。

真实地感受到自己在一段关系中是好的、是健康的、是活着的、是有价值的、是舒适的，比拿着尺子去衡量对方有多高、年龄有多大、职位有多好、是不是钢铁般的直男要靠谱。所有自我感觉不舒服的、被控制的、不自由的、被打压的、被侵犯的都建议你们直接打车跑。

我们的期待直接影响着我们的选择，而我们的选择决定着最终的结果。除非是经历与以往的经验不同的事情，而且这些事情是被承认的，或者主动选择去靠近某一些人从而获得了新的信念，之后对于生活的期待才会有所改变。否则一直经历着够不着的失望，即使明白自己值得更好的，也没有勇气去要到更好的。

对于情绪的放纵会葬送自己这件事情所有人都明白，可当情绪排山倒海般袭来的时候，每个人都是一叶孤苦无依的扁舟，在海浪中任由狂风摧残。

人生是不是一定要在每一次情绪来袭的时候打起十二分的精神去抵御和抵抗，拼死也要和骤雨搏斗，夺回属于自己的桅杆才算是圆满？

当欲望来的时候，满足它，心甘情愿地沉溺在排山倒海的情绪里，放弃抵抗，是不是就一定是错的？是输了？是不可以的？生而为人，是不是一定要成为一个圣德之人、完美之人，才能够颐养天年寿终正寝？

有时候恰恰是不做抵抗的人，才能够在沉溺致死之前觉醒。

暴雨拍打海面的时候，海浪可以摧毁一切可以摧毁的，可只要把自己扎到海里，就能够转危为安。情况糟糕的时候为了保护自己，顺势而为不见得是一件错到底的事情。

更多的时候我们以为可怕的是环境，是他人，是明天，其实最可怕的是首先慌了神的自己。

声明一下，我没有在鼓励完全不控制情绪，我深知人不掌控自我的后果有多严重，只是在控制自我的情况下，如果发现对自我的伤害会大于随波逐流的沉溺，从自我保护的角度出发，偶尔听之任之不一定会触发严重的后果。

毕竟，人首先是要活着，才有其他的任何可能。

不去经历仅是纸上谈兵的谆谆教诲，是不可能有理解他人的能力和理解自己的能力的。

有时候我很肯定地和身边的朋友们说，苦难有什么意义？苦难本身没有任何意义，如果有选择的可能，谁会去选择经历苦难？

曾看到陀思妥耶夫斯基说："我只担心一件事，我怕我配不上自己所受的苦难。"觉得这就是鬼扯，痛了就跑，饿了就吃，困了就睡，肉体的痛苦本就难以承受，为何还要去忍受精神上的苦难？

可后来的红尘滚滚使我相信，苦难确是人生的必选项。不论苦难是否是暂时的，完全忽略掉苦难所提供的抵抗的机会，是导致人们在苦难的最后意志消沉、放弃自我的原因。

当人们遭遇苦难的时候，不为之屈服，通过苦难而得到的精神价值，是世间任何力量都不可剥夺的。

即人处于最糟糕的环境中依旧不放弃，这种有尊严的内在的自由，确是一项实实在在的成就，属于个人的成就。

我在广州回深圳出差的车上记录下上面的文字，有这么一小段安安静静的午后的时光，抱着电脑喝点咖啡在自己的脑子里挖点东西，即使是在炎炎夏日，也不会觉得劳苦奔波，时光易逝，韶华易逝。

## 细节

　　一个人要如何才能获得幸福？哪怕是片刻的幸福？最简单的就是从细微处入手，让想要的细节充满自己的生活。

　　而现在很多人由于对于世界的错误看法和错误的生活习惯，加上对于自己的不完全了解，导致了对那些可能获得的事物的热情和欲望的丧失。而恰恰是这些天然的事物和追求这些美好事物的过程，可以完整地填满一个人的幸福空间。

　　与此同时，成功地放弃一些能力范围以外的目标，也能够在这个过程中获得一定程度的满足感。

可当人们完全摒弃了所有目标的时候，因为曾经被目标占满的空间一下子被掏空，也许会感觉到孤独。那孤独是什么？

孤独的一边是无尽的绝望，另一边是无边的自由。

尝试着把自我排除掉，让其他人和事物进入眼底，那么孤独就悄悄地扩散开来。当你发现了街边落寞的行人和观察到人流中没有灵魂的麻木躯壳的时候，绝望和孤独就跑到他们身上去了，自己只剩下无边的自由，这种自由是由自我观察并从某种程度上和他们相联结产生的。

人生的体验本质上是让自我的生命更加丰富，层次更加鲜明，厚度逐渐增加，也有更多的触手可以延展出去。书本是眼睛和思想的延伸，电影也是，艺术也是。

现代的新媒介和新技术使自己放大和延伸。再往深了说，如果我们的中枢神经系统已经延伸到了电磁技术，那么电脑就是我们意识的一种迁徙，人和人自己延伸出的东西相遇，将不太能够分辨究竟是谁在干扰谁。

细细观察周围，不难发现存在太多对于除了生存挣扎缺乏兴趣的人。

可当有了思想准备在这个红尘里面滚上一滚的时候，就会知道一旦对人和事物有期待，一定会有焦虑，不安的时刻，于是能够在后来理解他人等待时的焦躁，安慰他们可能的失落与反差；也正是由于存在那一些惴惴不安的时刻，于是能够衡量出自我失控的尺度。

反过来说，如果所有人都是理性的，也就不存在任何情绪上的挣扎；如果所有人都是果断的，也就不会有人想要去尝试拖延带来的其他可能性，比如命运的其他安排；如果所有人都可以完全地掌控自己，那么也就不会有人想着体验一下危险边缘的快乐。

反复寻求精神麻醉的人，不论是哪一种成瘾，都将失去追求天然事物的希望，只求湮没于茫茫人海草草了却这一生。

成瘾的方式有很多，不是说成瘾一定是错的，是羞耻的，是应该被扼杀的，而是成瘾不论表现出来的是哪一种形式，都像一种暂时的自杀。成瘾的快乐不可否认，但都来自阴暗的那一面，这不过是一种疼痛的短暂中止。

但是如果超过了自身阈值的承受范围，成瘾也是可以的，毕竟人首先要活着，确信自己不会日日夜夜在这无法承受的痛苦里，才有往后日日夜夜的可能。

有一些事情不论是自主的还是被动的，到了该结束的时候，就应该如同秋日果实落地一样自然，不管是仍然保持的深深眷恋，还是拳拳期待，就像太阳总会落下，明天也总会到来。如果死抓着不放手，此刻感受到的撕心裂肺的不舍都很难再回来，固执等待一个人的孤独也不会再有。

很多时候，期待，也是需要被终结的，这是向前走的一个重要里程碑。

个人的感受就是最私人化、最无可替代的完全属于自我的东西，千万不要丢掉它、屏蔽它、麻痹它或者置之不理，这也许是人临到终了，唯一可以从这个世界上带走的属于自己的东西了。

我是怎么写出这些文字的，我也不知道，感觉好像它们就一直安静地躺在我的身体里，不争不抢，不吵不闹，只是现在到了一个有途径被倾倒出来的时刻，仅此而已。

## 八月

　　我们活得越来越复杂，明明享用了很多，却并不幸福；明明有许多方便，却并不自由；明明被物役得严重，却不自知。

　　那些名誉、地位、声望、财富，本质上对一个人活着的基本要求产生不了太大的影响，一个人维持生存的物品其实不算多，但凡超出生存需求的都可看作是奢侈的附加品，而恰恰是这些东西因为我们在乎，所以带来痛苦。

　　反过来讲，只要我们不在乎，其实就不会被这些所伤。

偶尔觉得人的反常在于我们习惯于赞扬别人在痛苦时的坚忍不拔，却在自我痛苦的时候怨天尤人，觉得别人冷漠无情，如果他们难过，总觉得这样还不够，还要他们和我们一样痛苦，才算作罢。

每一种选择未必一定就是对和错、好和坏、成与败，如果永远去追逐那个自认为最正确的选择，同时又因为错的代价过高，导致我们往往会忽略掉生命中其他的可能性。

追求快乐，持续不断地追求快乐，就会被渴望快乐的欲望所奴役，沉溺于刺激带来的快感，反而会忽略掉真实的生活。

很明白思想决定态度，态度决定命运，命运又左右人的情绪。犹豫不决的时候最痛苦，但是只要选择了，压迫感就小了很多，自然也就改变了情绪和态度。

这是八月的第一天，下周，即将迎来立秋节气，这也意味着"庚子年"下半年的开始，我不喜欢秋的萧瑟，但是秋天的气息我反而很喜欢，这种矛盾估计会在身上抗争很久。本来想好好歌颂一下秋季，结果莫名江怼怼就上线了，而且被点燃的时候经常会听到陈粒的《易燃易爆炸》，也不知道这种巧合是哪里来的。

有时候大家对于出家和寺庙有一种误解，觉得是外面红尘待不下去了，要避世，要逃离某一些权利，躲进寺庙了度一生。我要是方丈，这种人万万要不得，分明就是还在红尘里面滚，而且是执着地滚来滚去，明显想来骗吃骗喝的。因为想要逃避外面的世界，才是把红尘看得太重，哪里看得破，早早把他送出去才是王道。

平静地热爱这个世界，觉得宗教是一种适合自己生活的方式，或者说，能够平静地面对曾经的红尘，才有资格走进寺庙去试一试。所以之前老头子很怕我出家，倒也大可不必，我虽认可宗教的存在，但是并不愿意受任何一种的束缚。

肉该吃还吃，人该爱还爱，酒该喝还喝，老头子该挖坑依旧挖坑，绝不含糊。

八月第一篇文，想想气势上还是要足一点。

## 人间古怪又荒唐

柏拉图曾经提出过一个很有意思的观点，人类的思考，是一种违反自然的行为。至少我们的祖先，没有被烈酒、香烟、药物损伤的那一群原始人，除了受伤和衰老以外，其他的疾病并不多。这的确是一件很有意思的事情，究竟是他们的体魄比较强，还是现代人的基因已经受到了影响。

人们一直执着于自我的需要、贪婪、压迫、欲望和骄傲，并固执地要把社会中得来的一些观念应用到自然中。

动物可以根据自然界的馈赠进行取舍，从不违抗自然，可是人类却不，明知对自己有害却依旧无视规则的存在。动物的服从理所应当，可人类却认为自己拥有服从或反抗的权利。

正因为如此，才会有人类成瘾从而招致疾病和种种幻想带来的快感，精神首先受损，明明已经被满足，可欲望依旧在狂奔。

大部分人为追求自身能够感受到的快乐不惜一切代价，追求名利、财富和一切"看起来"美好的事物，都想着如何占为己有。可在此之前，大自然其实已经很好地把这一切从人类发展的道路上扫除干净了，单单作为一个独立的个体发展的时候，不存在贫富、成败、公平。

自然用一种独有的偏爱来照顾那些在它照管之下的动物，这种偏爱就像是在表示自然如何珍爱它们。那些行走的豹子、狮子、狗熊所独有的体魄，强壮而矫健。被驯化的物种，无一例外会有一些退化，并衍生出疾病。人也一样。

通过使自己沉溺于比他们驯养的动物更安逸更舒适、所谓更科学的生活方式，进而感觉人比原来退化得更严重。

　　这里并不是指，我们明白可以取火来烹制不带细菌的熟食，或者懂得在夏天空调可以防暑，而是在于简单地用肉体能够感知到的，现代人未必可以感知到。一直怀疑仅仅拿肉体来说事，我们是不是在退化。

　　但是当需求被满足得过快时，也就无所谓新欲望的产生，没有刺激产生，于是很容易看得到纯粹的生存需求和智慧之间的差别。

　　人的确是群居的动物，不可完全看作一个个独立的个体，相互之间一定会有交集，会相互保护和帮扶。在没有法律和社会的概念之前，每个人都是自己行为的唯一裁判和报复者。

　　我们往往拥有声望却不一定有道德，有思考的能力却不一定有智慧，懂得伺候皮囊却没有幸福。
　　人不是因为想要太多而死，就是因为拥有太多而死，总有一样是。

　　那些世俗爱与恨的纠缠、责任与情感的纠结、极致的付出与最深切的无奈都深深地潜伏在每一个人的身体里。人类社会就是秩序规则与自由不羁的博弈，人生道路就是安稳静好的确定与波澜变故的不确定交替起伏。

感情有时候就是有理智也无法解释和理解，这很邪门。

有时候之所以感觉孤独，是因为我们想在这个时代找一个已经不存在于这个时代的人。也许是曾经的自己，也许是曾经的他人，也许是未来的自己和未曾相遇的他人。

总是好奇在别人的眼里，自己究竟是一个怎样的人，却从来不敢问自己同样的问题。偶尔听你说起，那些欢笑着、落寞着的往事，明白在尘世里与他人缠得太久，不见得是谁一定输、谁一定赢，只是在彼此的生命里划下道道印记。

得不到与已失去的确让人痛苦，觉得自己弱小、怯懦、无能，而这还不是最消耗自身的，最消耗自身的，是对于自己的排斥。弱小让人痛苦，无能让人挣扎，可比这更让人痛苦的，是自我对于无能和自卑的排斥。

这段时间总是处于一种自我被掏空的状态，有时候已经属于完全没有电量了还在固执地把最后的余电耗尽，然后自我说服说只有全部掏空，才有下一次盛满的可能，够满和够空都是很难做到的。

有时候见你们，有时候不见你们，有时候是不敢，有时候是太想，更多的是一直在期待下一次见面。

# 沉沦

最近确实觉得辛苦，总觉得人生就是不断地避免让自己做出后悔的事情，还要懂得什么代价是自己支付不起的，什么是无法挽回的。

一旦妄想拖了潇洒的后腿，就不体面了。这一句话全是重点。

总会看到女生因为各种不起眼的原因被迫说分手，一边骂着渣男一边等他回心转意。抛开确实有客观原因的分手，现实中存在的那些极度自私的男生的行为，也不见得是多么了不得的神操作。

面对那些明知不对但是无法放手的人，开始吃不好，睡不好，脾气焦躁并且觉得自己敏感脆弱，就要明白，这是不对的感情。但小姑娘们往往觉得这是自己做得不够好，体贴度不够，温柔度不够，也无法控制自己的情绪，更无法照顾他人，从而对自我产生怀疑，进而感觉挫败。

却从来不去考虑，这是不是一件对的事情，自己是不是被放在了自我需要的末端。那些法律、道德赋予的优越感，依旧无法解决生活中的所有问题。

爱一个人，不是在自己高兴的时候才喜欢。

那些因为没有得到过也没有经历过绝对温暖而滋生的报复心，其实很容易摧毁，他们根本不像表面看起来的那么玩世不恭、与众不同，也没有那么遥不可及高不可攀，用实际行为告诉他们这些的存在，即可。

无底线的报复和破坏他人带来的快感，背后的本质就是软弱和无能，逼着他们去面对自己的丑陋和无能，其实就已经足够残忍。这个世界的美好与否，不是他们说了算，要有十足的勇气和底线坚信自己内心的美好。

其实他们的目的也很简单，既然他们得不到，那么就要让别人也感受到得不到的痛苦，这样自己就不是唯一一个不幸的人。

对于身份的认同，大部分人停留在一个不给自己贴上不好标签的阶段。但是，妻子是标签，领导是标签，父亲是标签，原配也是标签。

生而为人，首先难道不是应该考虑自己的需求，男人是男人，女人也应该是女人，生在这个世上有爱的需求和被爱的满足，才有后面的标签吗？

有时候贴标签的痛苦来自，不允许自己成为自己，也不允许他人成为他人。

我们总是想着，一定要向前走，一定要向前看，一定不可以停下来。在这一过程中承认自我、反省自我，从而找到未来前进的方向，并在此过程中获得某种成就感和满足感。可这种满足永远不会使人停下向前的脚步，一旦停下来就会觉得空气中都充斥着空虚的味道。

于是人的终极目标就是从被满足到无法停止的不断

向前。无所谓好坏，就像你们总说觉得我很累，我确实很累，可是这是被自己想要的细节充斥着的累。友人今天和我说，不要在乎这些，按照自己的想法走下去就好。一路走来只有我自己最清楚，我为此到底付出了多少。

## 仙女棒

所有的激荡到最后都会归于平静，喧嚣吵闹被岁月吞没最终发不出一点声音。所谓强者不是指那些可以无所谓地对待任何事情，或者在这个世界拥有多少财富的人，而是进入人生的任何状态，都可以接受任何结果，经济上可以承受，精神上也不至于崩溃，就算是最后最差的结果，也可以安然地上岸，而不是让自己的生活面目全非。

到底有多少人，在遭受了背叛、侮辱、欺骗、期望破灭后还可以不把自己人生的故事变成事故？能够良好维系的关系，都是所有的参与者足够强，从不会因为压力和付出而迷失了自己。做自己能力范围之内的事情就好了，剩下的交给时间。

如果有什么最近我想和你们分享的，就是见朋友的时候尽量在自己状态最好的时候，而不是自己状态最差的时候。每个人都在自己的轨道上独自运行，处理自己的那一部分困惑和孤独是必修的功课。理解自己的难处和他人的难处，就不会要求他人在自己最脆弱的时候一定要陪在身旁。

岁月长河里的那些顶峰和低谷时刻，尝试着让自己安静下来，平静地等待试试看。没有谁可以是谁的救命稻草，最终还是要靠自己做出选择。

随遇而安，听起来像是从不为自己筹谋的结果。但一旦真的随遇而安，也许恰恰是给自己筹谋机关算尽之后的结果。

那些天使和恶魔、天堂和地狱从来都同时存在于人心，沉迷于某一段旅程和领域无法自拔，都显得过于小气，不论是为了活着还是为了活得更好，都应该活得更大气磅礴一些。

承认人生本来就是分阶段的，开心是一个阶段，成长是一个阶段，挣扎是一个阶段，迷茫是一个阶段，与其任自己沉溺于痛苦的沼泽无法自拔，计算着自己付出了多少代价，不如尝试着想想自己是不是要一直待在这个阶段，不是说时间可以解决所有问题，而是当时间可以解决一些问题的时候不要固执地不撒手。

　　环境无法被意志所左右，可意志确实可以改变我们的生命。一个比较清醒的人，与命运的关系会比那些糊里糊涂的人来说更主动一些，有机会把握自己人生选择权的时候，千万不要放弃。但是如果没有这个机会，做不了命运的主人，至少可以做命运的朋友，尝试与自己和解。如果一定要做敌人，代价未免太大了一些。

　　最近喜欢晚间出来活动，偶尔出来看看星空，有时候去看看月光下的海岸线，扎实地按着钟表上的指针走过一个个昨天，跨过白天与黑夜，看月光下浩荡的天地，思绪飘起来时比晚间安睡的梦还要遥远，不去想未来是不是我想要的样子，只是简单地把眼睛看到的、内在感受到的此刻全部装进身体里。

　　真棒。

## 不见不散

每次提笔，都觉得是不是到了关键的节点，不断地去确认自己的行程表，虽然还是会有遗漏，好在还是这么一天天地走过来了。哪怕是知道要空闲的三十分钟都想要拼命去填满，这个习惯不知道会不会在未来某个时间点被打断。

最近多看了几场日落，换着城市看了几场清晨的破晓，不去想究竟以后的自己是什么模样，只觉得余晖确实是美好，等到繁星初上也很喜欢，可能是不用做项目的时候都觉得是美好的。

一个人越是完整、越是全面，越是会在他人身上认出自己的那一部分，欣赏和自己不同的那个部分。反而是那些为了一点点优势争吵不休的人，觉得人的不平等就源于那么细微的差别和优越感，活得太过于单薄乃至没有办法跳出人类这个物种来看问题，是执着于自己一亩三分地犄角旮旯的肤浅。

选择从来没有什么一定是对，什么一定是错，而是不论你选择什么，生活一定会继续，时间不会停止，所以搞清楚什么是自己无法舍弃的，哪一些自己失去了一定会后悔，这点很重要。

人有两样东西很重要：想要的和不想要的。曾几何时我觉得除了我不想要的，其他的都是在可以接受范围内的，没有花太多精力去想究竟什么是我想要的。

可这一部分其实是真实的内心无法忽略的，乃至于到了后来我每走一步都在思考，我究竟要的是什么，必须承认人生一定会从知道自己不要什么，逐渐过渡到，我清楚地知道自己要的是什么，并用所有力气去抓在手里，哪怕只有一段短短的时间。

一个成年人之所以能够在各种关系中游刃有余，很大的一个原因就是愿意遵循这个世间大的逻辑和规则，从来只精准地花对等的代价。

这种基本的逻辑和规则不可能是空穴来风，不是克制住了情感，理性就会如跷跷板似的升起。不感情用事，最多能够去除掉冲动、暴怒、悲愤所带来的毁灭性后果，却不太可能及时地理顺所有事情并给出解决方案。这是理性的优势。

人性的复杂、生活的现实是根本不在乎你愿意不愿意的，逆天通常没有什么好下场。普通人都只能在道德和人性的熔点之下，并且还要有那么一点点运气，才可能安稳度日。

现实很复杂，可为了能够在这样的现实世界生存下来，人又不得不需要一些圆滑给生活做润滑剂，乃至于被摁在地上摩擦的时候不会过于痛苦。这本身就是人生一个很矛盾的特征。我们不断地想要清醒，又不得不依赖于谎言。

痛苦确实可以滋养一部分的生命，甚至痛苦产生的幻觉有可能提前触发生命中的觉醒，并让其持续清醒地存活，可人又不能仅仅依靠着痛苦来生活。这就是最矛盾的地方，有时候让人无法自拔。一边说服自己每一种情绪，不论是积极的还是消极的，其本质都是让人类继续繁衍，持续地繁衍，更好地繁衍；一边又要提醒自己不可以沉迷其中。这就是所谓高级的痛苦。

　　本来想着回武汉搞个同学聚会，但是又不想每一次都是吃吃喝喝，最后把地点定在了第一家上架《素闲集》的书店，后来被撺掇着直接搞新书分享会。在我还在沟通场地的时候你和我说冷餐甜点已经搞完了，然后友人和我说策展找好了，除了很感动之外只能尽我所能去做好接下来的每一件事情。事情总是不一定会完全按照计划进行，但是还是想在约定的地点见到你们，看看究竟岁月流年都对我们做了什么。

## 素闲集

曾经在很多个日夜，我看着窗外的车水马龙，我知道世界上一定有很多和我一样的女生。外部世界在现实中已经足够复杂，权力、隐忍、欲望，蛰伏、厮杀得你死我活，无数次想过自己是不是已经到了足够强大，达到能够站出来的时刻，从我下决心做花艺开始，写散文开始，从书法开始，从填词唱歌开始。

每走一步，清楚这就是我想要不断对这个世界表达的，这就是我眼里的世界，这就是我耳朵里的世界，这是我通过文字、图片和字体向外表达的信息。

生命是一场觉醒。因为知道要走远路，山河错落，一路走来因为内心不断被这个世界盛满，所以我愿意不断给予。人类对于情感的表达不拘泥于一种形式，而是能够通过图片与文字真切地传达到你们心里。如果可以，我希望自己是一个火把，有足够的勇气把自己抛向空中，照亮某一片夜空，落下之时，点燃更多和我一样的人。

这是我来深圳的第七年，也许再给我一次机会，我不一定会做同样的决定、来到同样的地方、爱同样的人，见同样的你们。可人生没有如果。

人是一种同时沉陷于过去和当下的两栖动物。除非能够根据实际的好与坏来体验原始的分裂，否则就没有不容置疑的好，也没有彻底的坏。一个人如果做不到有纯度的容器，任何滚烫与冰冷的灌注都可能使你碎裂。

欲望意味着缺乏。欲望既不是对满足的渴望，也不是对爱的需求，而是需求与要求相减所产生的差值。

《素闲集》最开始，仅仅连载在一个小小的公众号上，没有做过宣传，只是隐隐约约地觉得，也许，我能够在未来的某一天，集成一本册子，偶尔翻翻，数十则千字左右的小短文，是一个防空洞。时间久了，坚持下来，有更多的人开始关注到我，私信给我，我才知道，原来，人生来的七情六欲并无不同。有一些文指明了是给女生看男生绕道的，也会有男生在后台留言问我什么时候能够出男生篇。就是这样一点一点地积累，一点一点地蜕变，才有了今日的我，此时此刻，图片中的我，你们喜爱着的我。

到样书出来，有近暮年的长辈开始表达对这些短文的认可，才给了我最后可以憋一口气的勇气。

不是每一个人都能够自然地成熟，如同勇敢充分接受阳光的暴晒与雨水冲刷的果实一般，接纳自己可能无法顺利长大成熟到秋季瓜熟蒂落。

后退一步，更好地理解和容忍愤怒和挫折，进一步感觉到一些无意识的根源。理解并不是有关于体验，理解本身就是一种体验，理解是一面湖水，扔进来的所有事物，不发出任何声响的容纳与承受。每当感到弱小与无助的时候，自身会尝试通过压抑这个躯壳来将自我隐藏起来，可隐藏被证明是无效的，作为真实的自己终究会失望。

如何在自我内部建一座桥，连接融合在过去的创伤里为了保护自我而被自己严格隔离出来的部分，让自己的两个部分相遇。不再害怕重新体验或回忆创伤，不恐惧身份的丧失与他人的认同，无畏被他人欲望所抹除的威胁。

现在的时间和过去的时间，也许都存在于未来的时间。而未来的时间又包容着过去的时间。假若时间永远存在，时间就再也无法挽回。

如果可以选择，有能力选择放弃，有能力接受自身的局限，暂时放弃欲望带给你的念想，那么求而不得的痛苦便会大大降低你的干扰力。

三年过去，这一天我知道，《素闲集》已经到了可以示人的时间。找出版社，初审到终审因为疫情的影响，足足迟了六个月。但是没有关系，《素闲集》已经等了三年。

以《素闲集》为点，这三年去学了花艺，也开始偏好书法和手工。每一天的晚睡和早起在某种程度上来说不是一种负担。是我向子午线借来的日日夜夜，是能够沉下来安静地观察自我并逐渐反省、表达的过程。

诗词是这一年开始学习和练习最终敲打成的作品，大大小小也有十几首。有朋友开玩笑说，如果这是一首歌就好了。于是就有了现在在 QQ 音乐和网易云音乐上的《长相思》《摊破浣溪沙》。这两首在网易云音乐的点击量仅短短两个月已经突破了 27 万，这个数字，算是一种赞赏。由自己填的宋词去谱曲，最终自己演绎出来，录制成歌，是一种三年前我不敢想的自我挑战，现在我做到了。

你们所看到的图片、诗词和文字，基本上都是一时兴起，然后深入地把自己磨成一根针，扎到这世界的一个点。不论最终有多少人能够看到这些文字，听到这几首歌，数量并不是我最终的目的。而是切实的我想慢慢和你们分享的，可以用锋利的岁月这把刀，自我剖析的过程。

无所谓将来是什么样子。这是我此时留在这个世上的，重要的东西。

## 眼睛里的光

每一次来见你们，都会有不同的感悟。

我们确实很忙，忙着工作，忙着结婚，忙着带娃，忙着安排每一天乃至后一天的所有事。那些曾经因为命运绑在一起的人们，我们称之为同学，那是完整我们的一个部分。

从他人身上看得到自己，认可自己并能够欣赏他人和自己不同的地方，我们称之为成熟和坦然。

停留在自己的安全空间内当然也可以，可也因此会失去一部分看看外面的世界的机会。那是曾经的自己所产生的机会。想要改变一些东西，前提是能够真实地接纳一些东西，不断整理自己的偏见，承认一些东西。

人生有时候就是要做一些自己不喜欢的事情，应付几个不喜欢的人，生活在一段不那么满意的人际关系里，熬在一段缓慢的时间里。

那些曾经争得面红耳赤的对和错，她真的错了吗？没有，她太年轻，对于生活的感知少了一些。你责怪她幼稚和肤浅，你对了吗？没对，接纳不了别人的幼稚和肤浅也证明你的心胸不够开阔，对世界的感知也是少的。

矛盾存在与否，与事物本身是否合乎常理没有任何关系。一味觉得只要合理就不会有矛盾产生，是面对问题粗暴不动脑子的判断。矛盾的存在，也是合理的。

现实和理想相连的那一刻，从来都让人痛不欲生，那些最想要最渴望的东西，往往最容易将自己拖入深渊。能够认清生活的真相并一如既往地热爱生活，就是成年人生活的全部真相。

年轻时候喜欢拿顺其自然、随遇而安来当作遇到坎坷荆棘不作为的借口和理由，甚至相信有一些选择的存在是真的可以当理由却不能当借口的。却很少承认，真正的顺其自然是拼尽全力之后的无计可施。

生活本就是欲望和责任的终身厮杀，年轻的时候欲望抢尽了风头，根本不知道责任为何物，直到有一天终于有了想保护的人，于是瞬间有了盔甲和软肋，欲望心甘情愿地给责任让了位子。

那些不能偷懒的时光，麻痹自己抱怨不是自己没有做什么，而是困难实在是太大，以此来减少自己的负罪感，最后是真的什么也没做，并理所应当地觉得这就是顺其自然。

殊不知，这样非常容易在细节上暴露自己，这样的人永远不敢正视自己，究竟活得有多失败。

培养一些看起来微不足道的爱好，也许是观察花草的生长，也许是照顾撒欢的宠物，也许是每日给身边的人做可口的早餐，这些既定的东西可以告诉自己每日必备的那些功课，积攒这种微小的期待、快乐和反馈给予的满足感。

只有这样，能够切实地感觉到自己是活着的，能够坚实扎根在土地上，不被那些遥不可及的梦想和无法掌控的情绪给拖垮。

很多时候不是先有了那些既定的生活目标才有了各种选择和决定，而是那些决定促成了现在的我们。有能力可以应对好当下的一个个困难，比那些空想的既定目标要来得更为实际。那些看起来的方向，如果不是过于清楚，那么拼尽全力去过好当下，就是对的生活态度。

经历了无数次的挣扎和辗转反侧，才知道并没有什么特效药，只知道不能怕，也没有把握未来一定能够更好，但总要试试看，硬着头皮往前走才知道。有时候是需要劝说自己当一个赌徒，也不一定会有人给你下注，但依旧要赌自己可以熬过去。

人向前走，苦才会后退。

## 古铜色的月亮

　　夏季做着最后的挣扎，持续的高温带着自己的小波浪填满了每一处空隙，很想去森林里面走一走。

　　木香终于要好了，三个月过去。很喜欢这种可以持续三个月甚至半年的预期和等待，真的到了那一天会有一种被奖赏的感觉，是稳稳地看着自己的实力被时间证实的欣喜。一共有五款，量非常少，是植物被斧头劈开里面的淡淡香味，杉木、柏木、青竹被砍掉的那一刻叹出的最后一口气。那是长在土里的树木汁液溢出的清新，每一款我都喜欢。

　　见了三年前的咨询师，喝了一壶柚子酒，一直聊到深夜。古铜色的月亮升起，是归时。不需要解释太多，人的精神面貌已经完全地告诉了对方，自己究竟过得好不好，眼睛里是否有光。你说，她一直都是这样，真的没有变，我知道自己一直在变，持续地变得越来越靠近真实自我的模样。可从别人口里说出来终究是不一样的感觉。

事实摊开摆在面前的时候其实不是在做选择，是按照步骤如何在有限的时间里把自己的人生不受规则束缚地展开。这中间一定会有权衡、有牺牲、有付出、有等待，当确实是拿不准未来方向的时候，盲从并不是一个明智的选择。

人们总是声势浩大地憎恨自己的旧牢房，努力地从旧的牢房里面搬出来选择一个新的牢房，可时间久了，他们会开始学习憎恨这个新的牢房。

踏踏实实地把手头上的事情做完，自然会有道路出现。也许是一年，也许是三年，也许是十年。那是坚固夯实的土地，已经千百遍被时间检验过的结果，不需要选择，也没有可选择的余地。你问我，有一些什么计划，接下来还有没有想做的事情。

我有，不确定是不是可以做得完，也不确定是不是会和我的预期一样。比如我确实不属于爆款，但是喜爱我的你们不会轻易离开。三年的时间这是第二次和你吃饭，我看着你一步步成长，你看着我一步步挣扎，不敢说这是一个完美的状态，但确实是一个我们都很欣喜的时机。我给你送书，你请我吃饭。你看着这本书从萌芽到诞生，我看着你一步一步地走向你想要的那个样子。应该说，这本书里面，有你的功劳。

　　痛苦并不可怕，可怕的是自己非常清楚此时此刻的自己是痛苦的，每一分每一秒都无能为力的那一种，预期和现实不符，超出自己能力的求而不得，找不到仙女棒可以快上一分一秒。

　　拼命地要拿权杖披荆斩棘粉碎一切障碍的时候，一切障碍也同时在粉碎自己。

　　铁链在找忠实的猎犬，笼子在找合适的鸟，可究竟你是作为铁链还是忠犬，决定权不一定在你手上。

　　有时候就是耐心地在大海里面随着海浪漂，荡在最高处等雨落下，看空中风起云涌，耐心地等待坏事一点点地走过时间，没有躲避的意思，仅仅是认真地观看，认真地感受那些突如其来的不知所措，主动地去理解那些可能受到的刺激。真正理解了人的渺小，也就真正放弃了执着。

究竟什么时候我们的精神才能够彻底自由呢？当精神不再成为人生唯一支柱的时候，也许我们才能够认出自己本来的模样。

# 世俗

　　人心大抵混浊，可这没有什么值得诟病的。下滑堕落所带来自我控制不住的快感，就是对控制阀强有力的攻击。所有用道德底线去考验人性的行为都如此愚蠢，可人们依旧乐此不疲地站在高点彰显自己的聪慧。

　　在世俗的观念里面，一直在强调，如何找到那个对的人，只要王子可以找到公主，那么他们会永远幸福下去。人们弄坏了自己的胃，却总是抱怨食物不合口味。

　　可是世界上哪有什么对的人，你知道什么样的关系让自己舒服，什么样的情绪让自己满意，什么样的生活方式对自己而言是对的，学会接纳自己和外界的时候，世界就已经在掌控范围内了，自己就是那个对的人。

天堂和地狱既不在西方极乐，也不在十八层地狱，从来都在这尘世间。那些错误、变数、代价都不应该作为否定曾经的理由。美好存在，光明存在，希望曾经也存在，不论后期是因为什么样的原因这些即使不在了，可经历依然存在过。

得到之前和失去之后，中间有着道道鸿沟，悔恨、伤心、不安、焦躁，是怎么都填不满的无可奈何。

这个世界的千差万别，也表现在人类对于感情的理解、需求、表达的不平等。如果一个人从来没有被完整地温暖过，那么外界伸来的一点点枝丫的温暖，就是这个人整个世界的太阳。

封闭自己不让外界来污染自己，也就失去了接受和交换的能力。假装的坚强和掩饰的焦虑都是隐蔽地毁掉一个人的方式。

有一些孤独的存在不是阶段性的，一会儿有一会儿没有，是忽略年龄性别，聪慧到一定阶段自我对于外部世界的补充。

任何重要的选择，都不应该是无聊时的替代品，而应该是建立在自我缺失上的无可替代。

控制得住自己的情绪不过分外露，也可以控制得住场面里其他人的情绪，有一些浮夸的表演是必要的。收放自如，是建立在对自我完整和高度认可的前提下。明白角色的转换、对调，所对应的代价、后果、影响。我不认为这是一种见人说人话见鬼说鬼话的表里不一，或者是势力的两面派，这反而是对自我和环境极度了解的情况下才有的协同。

在什么场合，做什么事情，见什么人，说什么话。

被"安利"的梦想，要么是毒，要么是药。谁都在吃，可吃下去的效果却截然不同。每个人的内心都持续地在期待一些不确定性，见不同的人、有更好的经历，生活也好，工作也罢，这是让人在困难和折磨时持续下去的动力。即使在肉体也被生活折磨的时候，心底仍然不愿意放弃那些相信，坚信没有人可以剥夺自己变得更好的权利。

可偏偏，生活都是很确定和脚踏实地的事情。一旦意识到这种矛盾，又无法在现阶段解决的时候，人就会去寻找各种各样的发泄渠道。那些走不出的困境，一部分是无法认可自己值得更好的。可那些更好的都如此片面，很多时候无法汇聚成一个完整的整体，更多的时候像是一个阳光下五彩斑斓的泡泡。

如果可以，要允许那些坏结果的发生，允许自己的无力，允许自己就是没有办法在这个阶段站起来。

好不起来，也是可以的。

逼着自己继续抗争，逼着自己过快地重振山河，不允许自己失败，也接受不了随之而来的后果，是永远都走不出困境的。

有时候不考虑明天不在乎明日的底气在于，踏实地完成了这一年、这一天、这一日、这一刻应该做的事情。

生命中此时的每一刻，你都可以过成本来就能过成的最完美的时刻。

## 山顶见

大自然从来没有打乱过顺序，春去秋来，禽哢于春，蛩啼于秋，蚊作雷于夏，夜则虫醒而鸟睡。

有些计划中的事情最近没有按部就班地完成，总觉得可以再等等，是因为时机也好，是因为能力也好，也可能是固执地想看看既定目标没有完成的自己会焦躁挣扎成什么样子。逼迫自己去接受一个看似没有那么完美的结果，确实是一件很难受的事情，可有时候事情就是这个样子，眼睁睁地让你看着滑落深渊。

时间就像是一只无形的手，悄无声息地扼住了喉咙，越掐越紧，越掐越疼，不断逼着你从有限的缝隙里吸到更多的氧气。

整个房间只听得到冰箱运作的声音，鱼缸里滴滴答答的流水声，很久没有过这么安静的夜晚，内心在嘶吼着什么时候才可以填补得了那些空洞，慢慢往杯子里加冰，企图咽下嗓子里那一口滚烫的不安。没有十足把握的时候，需要攥紧加速跳动的心脏让自己安静下来。

欲望是无止境的匮乏，而匮乏则会带来无尽的焦虑和恐慌，大多数欲望中滋生出的侥幸总是想要掩盖那些隐秘的不甘。让人内心燃起熊熊火焰的，往往也能够烙得人生疼。

很多个夜晚，总觉得闭上眼睛，熬过去就会好起来，可习惯性地把自己活成岛屿，无时无刻都感到潮水的淹没和海浪的拍打。

想要消除恐惧，先要意识到它的存在。那些没有办法达成的目标、自我跨越不了的障碍，都是需要自我承认的部分。

对着空气咬牙坚持的面孔，非常狰狞，那是面对着看不见的敌人的拼死挣扎，你甚至不知道它什么时候、以什么样的方式来，以至于觉得自己早早地就被命运安排完了。

人往往在追求那些既定目标的路途中，会一直持续那些明知不可为而为之的事情。明晃晃地打着梦想的名义，总想着也许可以以后再买单，有时候运气好，有时候运气不好。

但是当所有的条件都满足才去走人生的下一步时，看起来像是十拿九稳的掌控全局，可往往不确定才是最精彩的部分，就此省掉了往后喝酒时的"想当年要不是"和"如果再给我一次机会"。

好的机会不是也许、可能、大概，好的机会通常是不得不。

总说要以一种开放真实的面貌和身边的人好好相处，可身边的人未必真的就时刻需要我们的真实和坦诚。任何一种感情在开始的时候都要求量身定做，可在实际生活中确实不能包治百病。

过分地看重其他人在我们生命中的参与感，孤独就不再那么美好，一旦那些人不在了，我们就开始变得焦躁不安。

　　人际关系本就是一种偶得，不该过分强求。眼前的珍贵确实比非黑即白要重要很多。以人性根本的诉求为先，才会有后面的无限可能。

　　大部分的人都习惯了虚伪地活着，人类花了很长的时间证明谎言存在的必要性，可又在抗拒着其他人的遮遮掩掩。成熟了以后，有时候想想，连自己都骗不了，该多无趣。

　　这世上的真话本就不多，对方长久的沉默胜过一大段的对白。

　　所有我们所经历的痛苦放在社会上和其他人比较的时候会发现，是根本不值得一提的。可板子不打在自己身上的时候，永远都不知道疼。这是人最矛盾的地方。

　　我没有办法说服你们或者解释某个状态是好是坏，有时候甚至觉得某个状态不需要和你们解释，只能反复地和你们说，在达到想要的目标之前，要先允许它有一个积累的过程，熬一熬，就过了。

半山腰总是最拥挤的，我们要山顶见。

## 九月已末

服输与输得起，这中间其实有着巨大的差异。

承认已是不容易，可愿意接受那些不好的结果，与判断自己手上是否有足够的筹码去做这个事情，不是一回事。

实打实的为代价买单，才是输得起的筹码。

每个人都会反复问自己，没有被浪费，没有被狗吃掉的，是不是都不算作是青春？没有过疯狂是否就不能作为谈资？难道那些脚踏实地的日夜不能算作基础？那些理性的作息不能成为以后奋斗的身体资本？那些克制的情绪不能作为规避掉可怕后果的手段？

狗吃不掉的青春，被好好地刻在努力的时间里。人生时而沸腾，时而荒芜。

自身的能力和影响力，往往最能局限一个人的眼光。

指责说你根本不在乎我，对于已经发生的问题起不到任何解决的效果，同时也暴露了自己无力承担他也许真的没那么在乎你的可能性。粗暴地下一个结论而不去反推这个结论的逻辑，是很难从多维度去思考同一个问题的。

如何摆正偏见或者摆正心态都不是首先需要考虑的，如何拥有一颗健康的心，去认真看清自己的本来面目才是首要的。

社会上对于大龄女青年不够友好的声音，嘲讽也好，讥笑也好，无外乎是觉得女性的生育价值逐年递减，可他们是真的不想结婚所以嘲讽同等年龄条件下的未婚女性吗？

也许他们只是想降低结婚的成本，他们仍然极度渴望婚姻。因为本质上，婚姻带给男性的红利远超过女性。不多做赘述，没有进化完全的大脑是符合优胜劣汰物竞天择的自然规律的。

感情涵盖不了自己心中那张排序表的时候，也需要理解他人的感情在与当下的利益、需求相碰撞的时候拿不到头牌。至少解决不了问题的时候，不要陷入问题就已经是很好的结果了。

世界上的傻子往往活得比聪明人更久，他们不需要在精神的世界里无止境地探索和为自己制定一套准则，按照现有生活中的准则去附和与执行就可以顺利地走完这一生。

经验作为往日痛苦的结果，在身体上划出道道纹路，我坚信那些痕迹是足以改变人思想和未来走向的。

因为不得不或如果再给我一次机会的后悔所带来的痛苦，远远大于一个没有办法满足的愿望所带来的痛苦。本质上大自然和意外所带来的痛苦在认知里面，是每一个人都可能碰到的不幸，可人为的选择不是。

在未来无限的可能，都覆盖不了无法挽回的过去。谁曾是谁，遥不可及的梦想？

当快乐和愉悦本质上作为消除痛苦的一种途径时，这种快乐的程度在被感知到的那一刻就已经被放到一个更高期待上。欲望总是填不满，痛苦总是掏不空。

如果淹死在欲望里也算是一种不错的结果，那死前没有人会挣扎。

成长就是霸道地教你选择，教你后果与代价，甚至替你取舍。有力度的灵魂是以开放的姿态拥抱任何的可能性，只要你往前走，每一步都是在用过去的积累走后面的路，谁也不能回头。

九月是白露，九月是秋分，九月是凉风，九月也是艳阳，九月就要结束了，一叶知秋，一夜至秋，秋蝉不知道，我知道。

## 末路狂奔

有时候就是要去到不一样的地方，对比一下外部的宁静和内心的喧嚣，选择去空旷、宁静的地方，体会一下视觉上"虚无"与"丰满"的不同，嗅觉上"清新"与"复杂"的不同。

车开在荒芜的山路看不见尽头，两边是茫茫的黄沙大漠，一座沙丘连着另外一座沙丘，想起《东邪西毒》电影里面那个傍晚，欧阳锋散着头发靠着客栈的栏杆无限惆怅地说，年轻的时候看见一座山就总想知道山的另一头是什么，奋力走出去之后才知道，山的另一头是另一座山。

面对嫉妒与背叛、遗弃和孤独，人无法一直把自己囚禁在沙漠里。翻山本就是人生必修的一堂课，不论山的另一头是什么，都是要翻的。

黄药师的那一坛"醉生梦死"只不过是一个玩笑，一个人越想忘记过去的时候，反而会记得越清楚。

大朵大朵的云在天上被风卷起，又被风吹散，热闹非凡，这反倒衬出湖面的静谧。远处连绵的戈壁斑驳在光影下，牛回家了，羊也回家了，可是我没有。

太阳逐渐隐没在云朵中，霞光万丈，古铜色的月亮迫不及待地从对面的地平面升起。一边是鹅黄初升的圆月，可转头就看得见紫红色的余晖晕染了半边天。

我说拍一张剪影吧，可那不是我，只是恰到好处地裁剪了余晖的轮廓。

朝着月亮的方向狂奔，窗外寒风凛冽，记不起来路，也不想问归途，此时的我就是在路上。

风呼呼地在耳边吹，一脚深一脚浅地走在泥泞的路上，只有远处忽闪的人间烟火指引着归途。此刻早已忘记了刚刚的落日夕阳，只想吃十字路口热腾腾的羊肉焖锅。

车外的喧嚣声渐渐弱下去，黑夜慢慢夺回一定的主动权。一路开进戈壁，沙漠的黑夜听不见半点声音。没有风声，没有云朵，月光照亮如白昼，星河浩瀚，偶有一两颗流星划过，一点，两点。努力搜索周围的声响，良久，无所得。

索性驻足不再前行，抬头看星，我知道人类的短暂脆弱和渺小，在这些星体面前根本不值一提。那是亿万年前的孤独光芒，这是亿万年后深夜的欣喜。

随手扬起手里的一把黄沙，就是八百年前瓜州的一座山。这里征伐过的匈奴、远嫁的公主、异国的商人、传经的和尚都早已远去，可石窟还在，胡杨还在，壁画还在，黄沙还在，我们的祖先，那些流淌着的血脉，都在。

白色帐篷外的篝火渐渐灭去，清晨头一次被屋顶跳来跳去的小鸟的脚步声吵醒，阳光努力地从窗帘的缝隙中射进来，在白色的被子上划出一道金色的分界线，一半是黑夜，一半是白天，一半是昨夜，一半是今晨，可我想跨过那道金色的线留在昨夜的温暖。

　　光秃秃的白色树干在太阳下无处遁形，细长的树枝分割出湛蓝的天空，那是秋冬独有的萧瑟。西北直射的阳光刺得人皮肤生疼，途径一片蔚蓝，索性开到湖边野餐。车后座的零食中，最爱那一盒薯片，咸的。

　　车窗外过于激滟的湖光山色刺得人睁不开眼睛，湖中的野鸭在芦苇荡中来来回回，划出的一道道水纹朝岸边散去，本是期待可以激起一点浪花翻腾一下，终究是失望地平复于岸边泥泞的泥土中。

　　空中有鸟，湖中有鱼，远处有山，岸边有你，你说我却不在照片里，可这有什么关系？我在你的眼睛里。

## 人间忽晚，山河已秋

秋意渐浓的时候，也会想念远方的你，和再也没有见过的她。金秋是团聚，是久别，是萧瑟，是收获，是登高，也是独处，每一种画面都会想起你，也许是一年，也许是很多年。有时候是在静谧的清晨，有时候是在无人的深夜、在车水马龙的间隙和几年前的聊天记录页面里。

有想过多年之后再回过头来看现在的自己是不是会觉得肤浅又愚昧，却又固执地不想浪费这个年纪所剩不多的倔强。不太说得清楚这是一种什么样尴尬的心态，说自己尚保有天真显得见识浅薄有失水准，可想要看起来稳操胜算又貌似还没有到火候，连想写一个总结都觉得有些操之过急。

曾极力推崇一种不出错的人生，看似更加稳妥，可后来发现没有一丝风险的代价是全面牺牲年轻时的体验。若没了这些或苦或甜的经历，人在某些方面的认知与承受力，会远远不如同龄人。在这里并不是盲目地鼓励你们去推翻去抛弃当下所有，去过不一样的人生，而是说在有条件体验冲动的年纪活得过于保守，会很难让四五十岁的你用别人丰富的经验去总结自己苍白的前半生。

随着时间的拉长会发现，年纪会开始限制你可以犯错的数量，并逐渐放大自己犯错的后果。起因和结果的代价不再对等，会让人产生一种青春的红利真的好昂贵的感叹，但其实是握在手里的资源有限凸显的拮据。

很多年前的相册落了灰，那些干枯褶皱的照片尽全力在光线下让人看清斑驳的犄角旮旯，就如同被时间浸泡了很久的海绵，吸饱了多年的委屈、不甘、愤恨，翻开的时候，铺天盖地的记忆碎片在岁月长河里奔涌而来，刮得人皮肤生疼。

孤独的时候也会把精力分配在其他角落，似乎是象征性地给命运交差：看，我已经尽力去填充生活了啊，可自己比谁都清楚这不过是因为得不到想要的生活，所以伪装起来的退而求其次。

人只能活在自己的心里，处心积虑想要把心安放在别处都不太现实。

每一种感情的背后，都有着更深刻的含义和无数可以延伸的东西，不见得那些结果有多么的重要，毕竟所有的感情都是在不断地走向离别的过程。而人最真实的感受和情绪可以在时间长河里延续很久，人心的丰富和情感的充盈才是不论结果如何都有的所得。

没有完美无瑕的情感，每个人都想不留遗憾地走完生命的每一程，但遗憾一定会有，可这并不是对你的绝对缺失，而是让你人生更丰富的一种可能。

不到迟暮的那个阶段，很难清楚地知道什么事值得总结，什么人值得缅怀。一再觉得是世俗绑架了你的时候，其实是自己死死抓着那些教条不肯放手，既承受不了从头再来的苦，也不敢冒可能一无所得的风险，这明显就是输给了自己又不愿意承认，和外人实则没多大的关系。

从最初踏入社会开始，遇见的人会不断缩小或放大你的口味。遇见很差的人，标准会随之降低，可遇见更好的人，各方面都想着是不是会更好一些。所有你想不通的问题，可能并不是没有答案，而是答案可能在你接触不到的层面，人心一直就是如此诡谲。

感情没有道理可讲，但从来都有踪迹可循。过了一个长假，努力地调整自己回到这个温暖潮湿的地方继续生活，翻天覆地其实不是一个外显得面目全非的形容词，而只是关乎一个人对于自我生活的边界和认知被扭曲和打破时的一种感叹。

## 及时清醒，事事甘心

最终的成长和独立，是每一个个体生而为人必须要完成的功课。

也许是在泥泞中生长，也许是在废墟中重建，也许是在荒芜上滋养。人总要活下去，那些萌芽、开花的可能性分散在每一个分阶段生、分阶段死的时间里。

处心积虑地想要去了解别人的想法，挖空心思想要在最短的时间内去获得别人的共情，企图以最小的代价窥探未来事件的走势，最后得意扬扬、沾沾自喜，却忘了摸清楚对方路数的前提，是为了全面地了解自己。

在总体的追求上，大多数人是没有自我的，只有他人，坚信大多数人蜂拥而至的必是宝地，哄抢的一定是珍宝，于是名利场上吵吵闹闹、熙熙攘攘。

自己如何想才是主要的，别人如何想是次要的，这个顺序一旦被打乱，就会失去事件的主导权。

在别人身上，我们很容易看清自己。尤其是在附和与忤逆的时候。

那些自我的边界，在愤怒、克制、隐忍、权衡、贪婪、自私、膨胀相互撕扯抗争的时候愈发明显，尖锐得要刺破皮肤的时候，由内而外的疼痛感提醒着自己的缺陷在哪，自己的底线是什么。

这是一种策略层面的东西，接受了自我真实的意图，在战术层面做考量的时候，就不会因为吞下这一口滚烫不甘而觉得意难平，也不会因为委屈而剑走偏锋。

与虎谋皮何其危险，可有几个人抵得过这种危险的诱惑？

那些世俗里面要紧的地位、名誉、职务，都可能会从最初的勇敢洒脱变成怯懦而现实。

当你拼死爬上了金字塔的某一层，获得了社会给予的认可的时候，却发现内心不快乐，那就是意识真正开始觉醒的时候。

那是第一次觉得，你得到的和你想要的有差距。

八岁被糖果诱惑，十八岁被梦想诱惑，二十八岁被情欲诱惑，三十八岁被野心诱惑，四十八岁被贪婪诱惑……人之所以觉得迷茫，从一定角度上来讲并不是因为愚蠢，而是因为自以为。

这是一个长久自我追逐的过程。

我要的和我得到的，不见得是同一个东西。只有两者相匹配的时刻，才是自我真正认同的时刻。

而这个追逐的过程比结果更有意义。

有时候你得到的会比想要的多，有时候你想要的会大于你现阶段能够承受的，人的痛苦就往往来自这两个极端之间的撕扯，最终在时间的加持下达到一个平衡的状态。

得不到的时候，会被要求付出高昂的代价，与之匹配的利益往往并不对等，每每此时都明白这是抗拒命运所付出的经历和代价。人确实很难控制住自己不去相信极度渴望的事物永远没有掌握的一天。

当然也存在追逐的时间久了，快乐的程度会降低，除了经历的原因，也可能是因为学会了比较而变得挑剔。对于"如果有重来一次的机会"的承认和否认决定了大部分人对于未来或恐惧的理解。

总是戏谑地说痛苦得最少的那个人一定很幸福，比较是一种执着。如果不谈比较出来的幸福，真相是：一个用能力扩大了愿望的人，一定是一个绝对痛苦的人。

在异地见了一个高中的同班同学，我知道我老了，我也知道他老了，我在困境里，他也在困境里。多年未见，当时那个会打篮球瘦瘦的男生胖了五十斤，坐在咖啡馆里望着窗外摇着头说，职业生涯往上很难，往后还有三十年，怎么办？

　　你看，人的痛苦并没有因为性别、年龄和地区有什么分别，想一想人并不是在一无所有的时候才最幸福，痛苦的因，是欲望，而不是缺乏。时间啊，也就悄悄过了。

# 下一场山海

面朝大海的房间，有被风鼓起的白纱，黑暗中看不清表情，也许是沉默，也许是落寞，也许是面对巨大的海浪声无力抗拒的隐忍。眺望岛屿的时候，想着是不是沉入那片海底就算拥抱了整个海洋，可又不甘心地想随着穿梭的鱼群游去更远的地方。

一回头，那些隐秘的心事就这么随着月光散落在房间的每个角落，躲在落地灯的罩子里，站在茶杯的阴影下，潜藏在手掌的每一条细小的纹路中。痛苦之所以持续，是因为知道生命会一直延续，太阳东升西落，黑夜斗转星移，那是来自渺小自我认知的无可奈何。

海浪撞击的声音回荡在礁石上，蛮横地覆盖却又不留情面地全面撤退，一次又一次宣示着主权。

　　人们总是没完没了地寻找下一个称心如意的目标，失望之后再鼓励自己找别的替代，一次，两次，三次，这种时而爆发时而覆灭的状态像幽灵鬼火一般忽明忽灭。人们对于完美的追求已经到了一种病态的程度，所有追求来的那一些都不完全符合自己的标准，根本不承认是自己贪得无厌。

　　浪漫主义的浩劫在于，对于痴迷的事物倾注了所有的热情，过于严肃地看待这个事件发生中的每一个瑕疵，无法容忍任何阶段性的失败。过快的生活节奏和被这个社会投放的过多欲望能够很快地点燃一个人，可逐渐人们发现持续被点燃是一件艰难的事情，于是出现了各种刺激眼球的信息，铺天盖地。时间久了，与其说人们害怕无法控制突如其来的激情，不如说人们更害怕的是与之相对的一点 —— 冲动的丧失。

　　现代与曾经的那些称为浪漫和经典的桥段的不同在于，曾经的至死不渝经久不衰在于浓烈的浪漫与残酷社会秩序的对峙，那是刻在人骨子里的欲望。可现代社会的开明瞬间打破了原来旧社会的窗户，浪漫变得短暂，那是因为过于饱和，而不是因为缺乏。

一段关系当中期望值与现实的差距足够小，自我的充盈才不至于失去一点就哭得声嘶力竭无法自拔。

禁不住要拿自己去和别人比较的时候，暗自揣测谁在谁的心里分量更重一点的时候，不妨安静下来仔细地想一想底层的一个逻辑。归根结底，是谁能够分出更多的精力，在有能力滋养自己的同时，去给对方多一些？

拿着社会道德文化的产物去要求人性，都是愚蠢的行为。那些要求着我们的规则本身没有错，可人性本身也没有错，错就错在人人都非要把这两者画等号。

为什么有时候要很克制地把情绪压制住再去思考觉得复杂的问题？是因为理性所带来的对这个世界的认知可以在一定程度上缓解整体事件带给人的情绪。

比如你明白了人人都是精致的利己主义者，那么当他人因为自私而伤害到你的时候，疼痛的感觉就比不了解人性的贪婪和自私的时候要少得多，至少站在理解的层面去看待一个情绪问题会比直观地去面对情绪要舒适得多。

到了秋天本该写一些秋意，可是看到身边的这些事情总是忍不住理性起来，想要理顺一下脑子里的线路，如果说最近有何所得，怕就是对于时间的力量又有了深一层的理解。如果这一场真的等不来，那我相信时间的大手一定是另有安排。

## 苟日新，日日新

固执地做一些事情，我知道你们在看，只是躲在暗处不作声，这样也好，我也不必来和你们费很多的口舌。人活于这世上，本就不需要和他人交代自己为什么而活。

又是一个周末，觉得语言很是多余，这个世界已经足够聒噪，宁愿驱车八十公里去追夕阳，也不愿意花时间在与人吃饭应酬打电话这样的事情上。倒不是因为前者足够浪漫，而是反观内心的时间变得越来越重要，越是沉默空寂的地方，内心被生活撞击的声音就会越大。

那些对的、错的、好的、坏的，都由自己来斟酌，除去吃饭睡觉懒散发呆的时间，每日集中精力清醒的时间随着年龄的增长固定了下来，我相信这是一个好兆头。

女人活到这个年龄，不应该是结婚生子然后瞬间跳入人老珠黄怨天尤人的阶段，这中间有着巨大的鸿沟。首先要腾出足够的空间来给自己扑腾蹦跶。这个空间就是每个人内心的自留地，全身心地留给孩子和丈夫当然无可厚非。

可这是这个社会想要的，这是男人想要的，这是孩子想要的，不是女人本身想要的。作为一个独立的人，满足不了自身的需求，就跳到一个高阶牺牲和奉献的维度去把自己切成肉糜给爱的人食，日子久了，怨妇也就怨得理所应当。认同自己理应如此对待伴侣和孩子的女人，要么是真的有被滋养的底气，要么就是没有勇气去要自己想要的东西。

当然很可能有一天我不再有这么多灵感，也不再有这么强的执行力——这应该是必然会发生的事情，也有可能会变成一个对生活充满怨气的老妪。我现在能做的，就是把这一天无限地延期。若是拿着正面与人交换，再不济也能够补充对方对于生活一半的希望和填埋对方对于绝望一半的恐惧，若是日日都拿着痛苦、愤恨与人交换，那一定没有人愿意与之交往。

好的状态是一种习惯，就如同美女并非只美一日，只有日日美、月月美、年年美，才算得上美女。这种稳定性就如同是强心剂一般，从某种程度上来说，可以不断地修复生活残酷和时间带来的侵蚀。鼓励女性坚守住自己在年少时对于生活的向往，越是活得通透之人，越能够明白身边所有人都只能陪自己一段路，到了临终那一天谁在你身边重要吗？那些懊悔和期盼都只能自己咽，唯有自己日日夜夜坚守下来的那一些刚性、良好的习性，能够撑得起自己的脊梁，能够维持得住自身的优雅，能够让所有人看得见思想的轮廓。

尝过好习惯所带来的益处，就不愿意再回到那个什么都可以什么都无所谓的状态，就如同你被一个真正优秀的人爱过，就知道自身变得优秀有多么的重要。

也许凌厉了些，也许固执了点，可到老了拄着拐杖时，我心中装着山川，连着湖海，身后一群老太太窃窃私语，她是看起来活得大气一些。

苟日新，日日新。

## 炒桂花

　　偶尔给自己放个假，能够好好地维持一个状态，是一件不容易的事情，除了自身有强硬的内核，也需要外部的补充。有时候是一餐美食，有时候是一片美景，有时候是一通电话，有时候是一段旅行，有时候是一件衣服一双鞋子。女人对自己的偏爱没有那么讲道理，从需要被环绕开始到有能力去给予他人，需要一个长久的过程。

　　这个状态不是凭空想象出来的，也不是通过书本或者是鸡汤灌输出来的，而是通过与人交往、审度自身，让自己明白自己喜欢什么、不喜欢什么，什么在能力范围内、什么在能力范围外。被连鸡汤都算不上的假设条件蛊惑，会直接暴露出人对于环境的低认知。这是很可怕的，比如昨日你爱答不理，今日就高攀不起。昨日的你当然并非今日的你，可今日的他，也不再是昨日的他。每个人所欠缺的，是由自我认知所决定的，而这样的自我认知又决定了究竟会有什么样的需求。

写点不要脑子的东西吧，最近好累。

这是金秋，也到了炒桂花的季节，在黄姚古镇小住，清晨出门拿着相机闲逛。看到有村民在一棵很大的桂花树下用塑料布铺在下面，用竹竿轻轻地敲打，金黄金黄的桂花如同雨点般纷纷落下，那是秋天看见的第一场桂花雨。头发上、衣服上、手臂上都是微黄的花朵，舍不得抖落在地，那是秋的馈赠。

可桂花香味最浓的，并不是自然而然落下的那一种，而是用手一朵一朵地采摘，用文火小心地翻炒，炒至鹅黄。少有人有这个耐心和机缘在每一年的初秋，瞅准时间小心地保存下细小的桂花。晒干的桂花与手工炒干的香味有很大的差别，保存时间也不相同，古时候说的桂花糖，也不是现在的桂花糖。每每出门，都能够有美景之外的收获。

炒桂花绝不能急，不然花瓣在高温下会迅速地变焦，冲泡在水里的时候会略微有煳了的味道。盛开的第一天就需要爬到树上，用手小心地摘下，等到盛开的第二天香味就没有那么浓了，或者能够碰到完全没有落雨的盛开的第一天，甚至一年没有这样的机会也是有可能的。那就只能等待来年，祈祷桂花盛开在没有雨的那一天恰好可以有时间细细采摘。这种自我劳动得来的成果，是从超市和网上买回家所不能比拟的，再加上运气的成分，每一次都倍感珍惜。

翻炒除了一定要用炭火之外，最好不用坚硬之物，以免破坏花朵的形状。

之后倒在白色的纸上小心地剃干净杂质，支起一个炭炉的盆子，小心地翻炒，也许是一小时，也许是两小时。自己炒出来的桂花，味道是不一样的。金黄的桂花一朵又一朵地在水中还原成原来的模样，炭火的柔和慢慢地烘烤着一朵一朵的小桂花，这就是秋天的午后最幸福的事情。

曾在法喜寺的小径上看到有老人用手小心地翻炒，驻足良久，买了一些桂花之后询问老人是否自己可以尝试一下，老人上下打量了一下我，说好。这样炒出来的桂花可以保存一年之久。冬季的汤圆、芋圆和甜酒，稍稍撒一小撮桂花，香味顺着热气蒸腾上来，甚是袭人。秋冬之际不太喜爱沙冰和酸奶，开始偏爱那些热气腾腾的东西，最好是可以顺着食道抵达胃部的温暖。

快乐不见得都是高级与高深不可测量，大多数生活中的快乐都浅薄又俗气。最近开始写2021年的日历，写完一种换一种，希望过段时间可以集合起来给你们照一张看看。

## 清风三里

    还有几日立冬，没有哪一年如 2020 年这般稍纵即逝，每个人都在挣扎，却又不知道到底因为什么而挣扎，做不完的项目、无法长久停留在银行卡里的数字、深夜回家冰冷的厨房和时好时坏的灯泡。

    日复一日地审视自己，时间久了，也就相信了女生是真的善变，总是劝自己耐心一点，再耐心一些，可父母在老、孩子在长，愿望清单并没有因为年纪的增长而减少，反而越来越多。

    在生活中固执地放大诱惑对于自己的影响力，同时因为匮乏又高估了自以为的筹码对于对方的威胁程度，愿意舍弃的东西太少，想得到又太多。人性的贪婪一面疯狂地以各种形式，如图片、声音刺激让人躁动，一面又让人克制着自己不敢轻举妄动。挣扎就是这样，如同奔腾向前的河流一次又一次地撞击在前路的巨石上，发出巨大的声响。

所有觉得自己不会选择、迷茫惶恐的时刻，都是没有做好准备去放弃的时刻。

这个世界上没有什么真正的选择，所有的选择，都是一种放弃。

人的真实建立在与外界的摩擦、碰撞上。只有自己真实地撞上一些什么反弹回来，才知道自己是什么。在没有尝试过被各种积累起来的情绪撕扯得四分五裂之前，也就无法真正在接纳的同时清醒地舍弃，肉体可以安心地回到该回去的地方。

出生得足够好，是轮不到身边的人生出嫉妒之心的，这些人只配得到羡慕和敬畏。荒野上的草看似不需要肥料的浇灌，是因为荒草没有机会被浇灌，并不意味着它真的不需要。

总是执着地想要去改变一些什么，就无法明白带着矛盾和冲突活下去有多么重要。

日子从来都是如流水一般从身体上淌过，时而是潺潺而过，时而是奔腾而过。想要拼命地拥有或者试图要什么一定属于自己，拥有的同时自己也会被限制住。什么都有、什么都不缺和什么都有、什么都缺中间差的不是性别和年纪，是了解自我之后的全然放下。

最有力量的快乐，来自自我认可是强者，而不是把自己当作弱者等着别人来宠爱。那些体会到的幸福从来不是结果，而是过程中的感受，追求目标的本末倒置就是悲剧的根源。

自信、真诚、善良、天真和希望都是可以被消耗的，很多人在消耗的时候不以为然，以为这些就如同明日依然会升起的太阳一般。可事实往往是只有节约的人，明白这些成本有多珍贵，珍贵到有可能再经历无数个人，都补不回来。

太阳下面晒得久了，黑暗就变得永无止境，可只要夜路走得足够多，自我也能成为一盏灯。不怕那些暮色苍苍寒夜森森，勇敢的人步步都走得尽兴。

# 夕阳

　　冬日的落日与夏日的夕阳有很大的差异，都是太阳，都是天边，可看到的着实是不一样的景色。这是我这一年频繁在下班后开上沿江高速才发现的。但凡天气晴好，就守住地平线的那一抹红色，次数多了总会有不同的收获，不知不觉，三个季度过去了，远方的柿子红了，银杏黄了，可我未曾飞回去看一眼。

　　每日匆匆洗漱，工作，低头专注于手头上的事情，生活习惯会强迫自己忽略了四季的变迁。何处无月，何处无竹柏？但少闲人如吾两人耳。夏日的夕阳因为光线过强，几乎无法直视，可太阳落下后的那半个小时，是整片绚烂的橙色、枣红和紫红，美得让人无法动弹，心甘情愿地沉溺在天边被风吹散的云层里。

　　秋季火烧云最美，尤其是台风天前后的海边，那是大自然的赏赐，看得见花瓣一般的层层递进，金色包裹着玫红和粉紫一片又一片。有时候夕阳也会被星星留住，在天空划出或深或浅的道道金色痕迹。每每这个时刻，手上拿一杯冰柠檬茶，看月亮升起，看飞机划过头顶，远方跨海大桥上的路灯盏盏亮起，一天终于落下帷幕，黑暗以胜利姿态收复了大地和海洋。

　　今年看了三个季度的落日，有时沮丧有时开心，可追到晚霞的那一天可以消除所有的阴霾。冬日的落日需要些运气，若是天气晴好，没有厚厚的阴霾和云层，有很大概率会看得到温润的一颗咸蛋黄缓缓滑入地平线，如同一块黄油渐渐融化在天边，那是世间万物都被温暖照耀的时刻，无所谓明日太阳是否仍然会升起，不安和惶恐已被治愈。

　　若此时在苏杭，明德年间的院子早已没了往日的熙熙攘攘，夕阳洒下一层柔软的金黄在残荷和光秃秃的树干上，锈了的铜锁和斑驳的朱门也在此刻变得光滑，那些隐秘的权谋和肮脏可以安然藏在角落，没有被戾气和不甘刻下的沟壑，只剩岁月粉饰过的太平。秋冬的庭院总会有一种庭院深深深几许的萧瑟，可柔和的夕阳总是有办法让这萧瑟少些幽怨，多些宽容。若是你们有心，会发现月亮在夏季和冬季也不一样。

年轻的时候总觉得生活一望无尽，到了暮年又觉得回眸不过数十载实属短暂。通常来说我们最终握在手里的和曾努力追求的不会是同一个东西。追求欢愉的人往往获得了教训，追求安稳的人也许依旧脆弱，这些真实取代了曾笼罩在目标之上的那些好处。

寻觅金子的过程，发现了瓷器，渴望长生不老炼丹的祖先发明了火药，可能仅仅是因为机缘和大自然的规律。

这个世界早已发生天翻地覆的变化，那些曾经的辉煌、那些曾经的道理，已不太适合如今的解释。所有当下觉得很有道理的道理，也就是能够在当下可以被解释，在未来的未来，同样会显得没有道理。不用太执着框着自己的那一些看不见摸不着的东西，有生命的万物不过沧海一粟，尘归尘，土归土。

## 本质

　　提起北国，就有了万里雪飘的辽阔之心，相比那些冰天雪地里无处躲藏的落寞秃树枝，江南的水乡即使在冬日，也有蒸糕的烟火气从路边的小贩手里不断地冒出来，从手里暖到胃里。那些过往生活的细节，在这个有凉风的早晨在远方回照着我，苏杭如今已是深秋，那里不知是否有着不可一世的冬日暖阳。

　　就如同远方的你，活成了自己想要的那个样子，对于我来说，你就是那北国风光，一想到曾经的你，心底就生出了辽阔之心。虽然已久未谋面，但那些曾经印在春日里的模样、去过的远方，都是现在努力生活、期待再见面的力量，惦念有许多种模样，变故本就稀松平常。

不要去想着时间可以磨平好多东西，犄角旮旯会被打扫干净，身边的人来了又走，面孔会越来越模糊，时间拿珍贵的东西从来都是没有办法的。

鲜花会枯败，礼物会褪色，巧克力会过期，可收到第一束鲜花的欣喜不会枯萎，拆开喜欢礼物的惊喜不会褪色，巧克力在舌尖的香气不会散去。

能忘记的，算不得珍贵。

重要的人生阶段被现代生活的富足便利往后推迟了很久，那些本该在某些时间节点之前被迫做出的承诺和责任，如果不是拿来逃避人生，而是用来成长和思考，那无妨推迟一些，把每一个弯道过好。

生活里处事八面玲珑，面面俱到左右逢源之人，都说是奸猾之辈。也许这不算严格意义上的真诚，可却是活着的一种技巧。

支持和理解是每一个人在任何阶段都需要的不可或缺的养分，不管是流于表面还是发自肺腑，但凡姿态足够，就已然看起来是一个"好人"了。

有一些确实是暂时能力有限可又需要一个充足的理由去打动对方，这个理由，就是你的城府。

并非教导所有人去做浮于表面虚伪伪善的人，而是在还没有完全清楚自己本质的时候，如果有一个可以模仿的对象、一种认可的品质，那模仿本身就是一种良性的引导。

当然如若某一天发现自己并非所认可的那般道德高尚或者真诚朴实，那也仅能说明自己还有尚未可知的这一面，可这也是自己的一个部分。从模仿和引导中试着看清楚自己，而不是把自己全权套入模仿的对象，任其塑造。

真正把"道"的边界摸清楚，厚度丈量得彻底，站在"道"上，"术"就自然而然地找来了。明白真诚是道，哪怕没有人教导你"术"是怎样，大概自己也会很清楚少用谎言和欺瞒与他人相处。

希冀本质上仍然是一种欲望。如果说有什么是遮天蔽日般让人看不见希望的，那并不是希望本身，而是人自身的能力、勇气、财富、智慧等足以让你实现希望的东西，蒙住人的双眼告诉他，你没有希望。

究竟是因为心静才能码字，或者通过码字才能够让自己心静，不算是一个需要思考的问题，可这种方式容易从另外一个角度看清楚自己，找自己的过程确实漫长，可一旦知道自己是为什么而活，就可以最大限度地忍受任何一种生活。

## 夜色

什么是普罗大众所追求的"意义"？是指好的结果吗？还是指可以带来好结果的希望？还是这种好的结果可以带给人的好处？

当一件事情的意义随着时代的更迭和人类的发展有了不同的解读和目的时，为了达到这个目的或者追求这个"意义"的中间产物被现实碾压得粉碎是一件再正常不过的事情。

在还来不及深究自我应该追求一些什么"意义"的时候，成长过程中的各种压力会塞给你各种所谓的人生的"目标"或者"意义"，可能是分数，可能是结婚，可能是买房，也可能是责任。人生的波动拉到足够长的程度，才能看得清楚究竟自己偏好什么、需要什么，按照世俗礼法有哪一些曾经追求的十分可笑和幼稚。

百年时间，礼法、制度、社会、民主的建立，世袭被淘汰，通过合法制度的繁衍不再是上层社会保证血统的唯一途径，制度的完善保证了人们不那么担心老无所依，也不再一定要和谁协同合作才可以活得更容易。

我们说的了解一个人、吸引一个人，或者为了让其心甘情愿地和你在一起，最终能够建立很好的亲密关系，朋友也好，夫妻也好，真正产生紧密连接的本质，是充分地满足了对方的人性。

说得通俗一些，能够满足对方的程度，决定了最终自己在对方心里的占地面积。

心甘情愿永远都是亲密关系里的通行证。

大部分女性从小被教导的善良、天真、浪漫、真诚这一类视若珍宝的品德，不是说不能够好好维持一段满意的关系，而是还没有找到自洽满意的关系之前，都不足以支撑她出了学校之后可以打死吃人的老虎、偷油的老鼠，可以抗衡咆哮的狮子和狡诈的狐狸。

有人因为自我的局限性特别自豪地标榜，我真的是一个单纯、真诚不虚伪、直性子、好交往的人，可换一个角度来说，他究竟有多大概率可以有检验自我的机会呢？

意识所在的层次决定了被诱惑和检验的可能性。是否真的被无数金银珠宝诱惑过？是否有机会被权力侵蚀过？是否在利益权衡的时候被精准地引诱过？

如若是从来没有被检验过的善良和真诚，仅仅是因为能力和层次的限制，看到的世界只有井口那么大，这种自我标榜的单纯是否有些偏颇？

人与人的交往，可能会充斥着心机、手段、权衡这一类现阶段被理解为负面的东西。但现代文明发展到这个阶段，是不是也该重新认识一下，是不是但凡牟利的就一定黑心？是不是所有的手段和心机都是卑鄙下流？

人性当中很多的欲望都没有错，错的是永远要站在道德的最高点俯瞰全世界，错的是双标地把其他人同样囚禁在道德的高点。

凌晨三点的新月，清醒着的我，喜欢这初冬混沌的夜色，无声的冷风，即便是黑暗中我的怯懦也喜欢，难堪和卑微也喜欢，喜欢这些，喜欢得不得了。

## "才华"

　　很多人的人生，在成长中的某一刻被改写，父母的期望、社会赋予的责任、身边环境的飞速发展都在不断地鞭策着每一个人，做自己真的不如给社会添砖加瓦重要。更何况，大部分人不知道什么是做自己。

　　那些看起来没有什么用的技能，那些对万物感兴趣持久不衰的好奇心，如果也算是一种才华，那这种才华在曾经年少的我身上过于强盛，乃至于没有办法运用它实现现实生活中任何的一种辉煌和所谓的事业。没有什么比得上那种在幻想中盛大的快乐，那是初中时看到任何一则新闻都会产生极其丰富的联想并由此可以创造出一个世界的时间。

和现在的我截然不同，在某一个时间点，充分地被外界提醒后意识到，排名和分数直接影响着往后人生的每一步，也许没有办法毕业，没有办法找到好工作，没有办法结婚生子走完人生的下半段，那是莫名巨大的恐慌化成一颗颗陨石击中地球的轰隆隆声。

　　一个人能够过得有多好，在于碰到问题的时候解决的数量有多少、速度有多快、控制影响的程度有多大。能够成功地骗别人也能骗自己的，多半都是故意忽视那些重要的问题或者暂时转移了方向，并没有实际地去解决。

　　岁月所带来的恐慌多半来自无法预知的未来，踏实的不在穷的时候思考富有的问题，不在愚蠢的时候探究聪明的问题。虽然有钱不一定幸福，漂亮也不一定自信，结了婚生了孩子也不代表你这一生就圆满了，但那是在你变得成功和美丽、生了孩子之后需要思考的问题。

　　所有不把那些人生重要问题当问题的人，那些人生问题都曾经是他们的问题，解决之后才能够坦诚地说，这些不是问题。

　　可突然就觉得，到底怎样算是过得好？

比如那些不能用来吃饭的才华是不是都不算是有用的？是不是要把别人的期许放在实现自我的前面才是对的？实现了那些世俗的期许之后，可能自我的那些曾经的梦想在这个过程当中已被碾得粉碎。

1996 年的博尔赫斯在甲板上丢了一枚硬币，这个举动在这个星球的历史中添加了一个平行宇宙，他今后活着每一刻的喜怒哀乐，都对应着硬币在海底每一瞬间的无知无觉。

你想要做飞行员，飞过山河湖海到云端看看月亮，在无数个酒局和加班之后的中年想起那一段渴望时你会不会明白，那是绝对到不了的远方。

所有在合理范围中自我意识范畴内需要做的决定，都不太适合被动干预。分寸是个好词，但大部分人不太会用。

## 热气腾腾的日子

　　冬季的厨房总会时不时地被肉汤的香味充满，看热气腾腾的日子从荷叶盖着的瓦罐顶上冒出来，被奶白色的鲫鱼汤调过的肉骨汤别增了一丝鲜味。一日三餐恨不得都留在厨房，看各种食材被处理干净，整齐安静地摆在盘子里，一个上午或者一个下午就从水龙头下面哗啦啦地流走了。

　　旧日里的沙发总是很好睡，总觉得在一个地方一个姿势待的时间足够久，一天天、一月月，年复一年，每一个时间的我都重叠着以往时光里的无数个我一样，白天与黑夜，一层又一层，套娃一样把自己封印在了那个地方，清楚地看得到自己成长的轨迹。

人生的修罗场，每个人都在熬。对于选择项过于充分的了解不见得是对做决定有利的因素，考虑得越全面，衍生出来的可能性越多，那些"无限可能"，就是迟迟无法做决定最有诱惑力的果子。

人不一定会对现实当中此时此刻实实在在的利益屈服，但只要未来的饼画得足够大、足够真，内心动摇的可能性就越大。

外界的那些诱惑最多是松动你的意志，可最终那根防线都不是与外界的较量，而是经过挣扎之后自己选择放下的。

当把伦理、世俗、礼法放得过高时，自己就会生活在桎梏当中；就会而不是生活在自己的真实感受当中；就会觉得自我的真实感受不重要，那些竭力维护的面子才是王道。

礼法是一种制度、一种生活方式，但不代表有了这些礼法制度，人就会获得幸福。

过于看重伦理、家庭、忠诚、世俗、孩子，而忽略了很多东西如亲密、自由、自我等，也不知道真实的自我是什么，不知道自己应该拼命保护什么，更不清楚未来能够追求什么，那么他就是一个壳，一个披着世俗教条行走的空壳。

做一个极善或者极恶的人也是一种活法，善恶到极致可能是很难去完全分开的。只是这种不顾一切地走极端会活得过于锋利。

而善良总是要被伤害、经过考验之后才知道，它结不结实，在极大的动荡里面生存下来之后才知道，自己的内心是否有着对同类的悲悯。

选择做一个圆滑之人也未尝不可，洞悉周边所有人的需要和那些小的私心。单单求一个圆，就需要颇费些心思，若还要求些许的满，那就要再加上十分的计谋。

圆滑也不见得就是一个贬义词，很多时候它代表着一种为人处事的睿智。

怕就怕世俗规劝你光宗耀祖，伦理要求你父慈子孝，礼法希望你相夫教子，告诉你繁衍是多么伟大。因为没有强有力的内核做支撑，也从来都不知道如果遵从自己的内心，自己能超越多少。那么你是谁？你就是教条的工具，你就是世俗的傀儡，你就是礼法的盲从，哪里是一个活生生的敢于触碰真实世界的人？

　　真实世界里面制定出来的规则本意是出于保护，而不是让人挥舞着棒槌四处追杀同类。

## 历久弥新

　　又到了年底，最近因为工作上的很多事情，写字的速度就慢了下来。还没有到写总结的时候，但是仔细想想这一年确实还是有很多可以仔细思考的事情。青春早晚会褪色，总想着要在人生刮风下雨的时候可以留住一些什么。从懒惰的角度来说，能够不经大脑简单粗暴地去评判一些事情，总会过快地暴露自己对事物单一认识的不足。

　　成长的速度越快，越能够明白人际交往的过程中，与其说"真"与"假"在一定程度上限制住了我们的思维，不如说没有考虑到人"比例的均衡"比所谓的"真"与"假"来得实在。

一定要问他对我有几分真情，又掺杂几分假意的思维在往后反思的时候显得不那么成熟。情绪上的作假是很痛苦的一件事情，但这并不妨碍情绪的转变速度可以很快。与其去强烈地谴责对方并未给自己带来一个最终满意的结果，不如相信情绪上的快乐总是短暂的。

　　定义真假，不如衡量程度。

　　一段关系当中一定有最需要的那几项硬核指标，这些指标所占的比例过大，乃至于很可能会消化掉那些没有那么重要的类别。你贪图一段关系中的稳定和成熟，也许就会牺牲掉一些短时间内无法深究的细节问题。

　　所谓结果的输，也许不是输在了某一个类别，而是没有赢在类别上的均衡。

　　可回过头用现在的经历和高度去评判曾经的自己，也不够妥帖，自己有几分的心智，就会干几分的事情。总是阶段性地去迎合自己的情绪，大概率被情绪所左右，尤其是那些很容易让人产生巨大波动的怨恨、自卑、不甘、偏激。

　　那些内心执着的东西，每个阶段的意义都不太一样。

每个人每个阶段对于财富的欲望不一样，是因为财富象征着的意义不一样。金钱可以带来的满足，其实不是钱的满足，是金钱带来的物质和这背后人们对于金钱的追捧。对于财富的渴望程度不大的时候，财富仅仅是满足一定的物质需求，可当积累到一定程度之后，人们甚至开始幻想金钱可以带来自由。

多思考这些表征性的东西对自己来说意味着什么，为什么反而有一些表征性物质性的事物被满足之后感觉更加没有安全感？到底是需要被那些表象所填满，还是被他们所限制？通过占有不同的外界物质来证明自己真的很棒，来确认自己的价值，是不是因为我们无法从内心来对自己进行确认？

这是一个在长时间轴内需要被踏实建立起来的自我确认体系，而不是立足于某一个被鼓励、被伤害之后需要被认可、情绪化的阶段。

从不否认人会遇到一些阶段性难以跨越的坎，大概率也会在烦冗的生活中产生一些别的心态，可站在一个人成长的宏观层面来说，历久弥新这四个字，还真的是比那些未经测试的崭新要牢固得多。

## 拒绝套路

偶尔回想起前些年的自己，也觉得莽撞，可就是在这么一路抗争的过程当中，也真真算是保全了自己。

从抓不住什么，也不害怕失去，到逐渐掌握了些什么，开始思考得失的过程中逐渐看得清楚，博弈是不可能不付出任何代价的，有时候是付出一些收获一些，有时候是付出很多一无所获。那些过程当中的据理力争和坚守的倔强，让人更加坚信，只要收获配得上那些代价，就无须盯着那些撕裂开的伤口。

自我内心城墙的垒砌，不是从计算面积多大，成本多少、砖块材料开始的，而应该从选址、门槛、方位开始。这不是人格健全不健全的问题，是有没有经过思考的问题。人与人不对等的关系当中，大量付出得不到回馈的人，是没有思考门槛与值得与否，也是阅历无法给自己塑造出一个完整的人格，并且把自己就是这么善良无私当作无力拿到对等回报的说辞。

所谓理性从来不是指抛弃所有红尘世俗简单用利益道德划分生活中的每一项事物，而是指不再那么容易被自我的情绪所控制陷入死循环，也不会因为一时的冲动而造成无法挽回的后果。

不能简单地把人的情感当作一种低级的东西。该哭就哭，该难受就难受，该忧伤就忧伤，这本就是人情感的一部分。

承认情绪和情感是一种原始的东西，但是原始和低级并不是一回事。

女性脑子和胸膛里的内容多少，决定了是否可以区别善良和天真。所谓的计谋，从不单纯地依托于一个碰巧存在的概率。计谋博弈本质上是要站在格局和自己的"道"的基础之上，否则显得过于单薄，只能被归类为技巧。格局的稳固，可以催生出一万种计谋。本质上的心甘情愿，是需要实打实的敬佩、愧疚、忌惮、仰仗、期待，再加上些许的自我认同。

现在的女性从某些角度上来说因为成长得过快，反而有些操之过急。体现在，明白应该要为自己打算和考虑，也知道这几千年以来女性的地位虽说是在提升，可想要达到完全的男女平等还需要很长的一段路要走。但就是掌握不好这个为自己考虑和打算的边界在哪里。

时间拉得足够长，总会在一些时间点出现一些令你无从下手的人，这些人大部分是之前说的喜欢粗暴地把人进行划分，并且自诩天真，只对事不对人的一群死脑壳。

一个人会突然开始走下坡路，不一定是某一件事没做好而导致的，很可能就是这里没有考虑到一点，那里留下一点弊端。和生病一样，最后要命的不见得是某一种致命的疾病，大部分可能是年老因为抵抗力和机能老化产生的并发症，最终导致自身无法承受还在百思不得其解，明明这不是一种致命的东西。

窗外寒风瑟瑟，没想到今年的广东会这么寒冷，我缩在星巴克的玻璃罩子里面码字。在外面那么多年，总想要赶紧回国喝豆浆喝到撑，吃油条吃豆皮糯米鸡，反而回来这些年，还是想在寒冷的时候缩在温暖的咖啡厅里面冬眠。我反思了一下，也许是因为我想吃的那些东西都没什么形象，从这一点来说，自己实则辜负了那些年对美食的热切期待。

本来是想在寒冬里写一些温暖的文字，以我自身的温暖，来温暖你们。可是写着写着就成这样了，虽说表面看起来不太温暖，可希望给到你们坚实的独立向上的一股力量。

人与人之间，最浪漫的部分，本就不是苛求那些尚未升起的日出，而是善待曾经一起看过的日落。

## 2020 年的年终总结

眼看着 2020 年只剩不到十天了，每年都不一样，每年又都有很相似的地方。人类早期没有时间概念的时候，应该不曾思索过"变化"这个词。变化带来了机会，机会意味着不确定性。那些不确定性成了后来人们人生博弈的重点。

不是在这里确认我今年一定比去年顺当，但反思一下让自己明年可以稍微平稳一点还是有必要的。我们家阿姨总是问我，你做这些吃食，写这些字画，有这么多朋友要送吗？那他们回馈给你什么？后来次数多了，我只能告诉她，我还年轻，可以慢慢筛选志同道合的人。没那么爱拼酒，也尽量在减少聚餐的次数，不代表我和他们没有互动，也不代表他们会慢慢忘记我。真正的汇聚，是从细微处开始，等实力稳固后，凝聚在周围的强有力的认可和支撑，我还等得起。

正儿八经地要来盘点一下，我这一年都干了些什么。过些年，若是翻到这篇文，也能够让自己成长的节奏和道路更加清晰。错也好，对也罢，这就是我的人生。

第一季度开始慢慢学着填词，从韵部到格律到虚实远近，得益于我天天拿着小铲子去高海乡办公室挖矿，高老也不嫌我烦。这就是后来你们在网易云音乐上看到的那几首词改编成曲子的雏形和前期，后期出来你们觉得有意思的点和成品，都是这么在无意间发现的，最后花时间打磨出来。今年发了三首单曲，播放量差不多是三十万，争取明年做做宣传可以再涨一些。

因为疫情的影响，写完小说之后实在是觉得无聊，开始做皮具。最开始尝试了两个，后来就入手了全套的工具，没日没夜地在家里敲敲打打。

出门越来越随意，基本上除了钥匙和手机，其他都可以不要。

第二季度开始做了几款香水，扎扎实实地等了三个月，一直到九月等各种成分混合稳定，后来你们收到的"空山""深林""凉雾""寒声"都是木香，很受你们的好评，我也很欢喜。第三季度在等《素闲集》和小说的三次过审，敲定之后本来想停笔，后来在你们的建议下开始更《易传》的解读，很有毅力地更到了第三季度并把上半部分更完了。在这个季度见证了一首又一首歌曲的发布、打榜、入榜到飙升。

第三季度有一种开始收割的感觉，碰巧公司也拍到了一块地，各大老板开始发红包庆祝，公司上下一片祥和。《素闲集》出版之后回了一趟武汉，在同学聚会上做了一个小小的发布会，见到了很多的老朋友和老师。看得出来岁月给人留下的痕迹或深或浅，因为各种原因跑了很多的地方，好久没有一年之内这样东北西跑，但乐此不疲。

最后一个季度开始准备摆摊，搜罗了很多自己手工做的压襟、挂历、台历、书签、台灯、吊灯、春联、香水、蜡烛、扇子、茶席等小玩意，打算过一个不一样的圣诞节。同时发现最后一个季度的工作量怎么这么大，基本上写文都只能靠各种碎片时间挤出来，开会、写报告、安抚各种暴躁的大佬。经过了一个季度的时间，《素闲集》进入了各大图书馆，明年如果各地图书馆的馆配都做完了，我就要去图书馆和我的书合影。

今年的文笔你们可以看得到，会比《素闲集》稍微犀利和理性一些，但仍然在写，希望真的做得到，眼睛到不了的地方，文字可以。

总结完毕。

## 需求

生活消费观这五个字，往大了说颇有些民族复兴的味道，往小了说无非是关系到自我是否有能力让关心的人过得更好。这是一种不仅仅关系到个人消费的问题，而是在理性的思考过后由责任带来的消费克制。

这和现在所谓的"精致猪猪女孩"的观念不同，一个是能力范围之内只要自己最好，属于消费范围内的随心所欲，而另外一个是对自己和周边有了一个全局的考量之后，把自己的地位排在了其他更重要的目标后面，把生命的体验和延展拉到最大。更能理解这个世界的同时，势必是明白了自己的微不足道、生命的短暂以及人类的渺小。

有时候在想，究竟是什么影响了一个女人的整体质感？是闪耀的钻戒，还是廉价的丝袜，或者是粗糙的皮肤？可这些表征不仅仅受消费水平所影响的，很可能是生活没有方向，成长没有计划，不愿意笃定地相信自己可以有更好的生命延展性。

试着不要让年龄和性别约束自己，年龄只是衡量生命的长度，性别是一种属性，首先我们是一个人，其次才是一个女人或者一个男人。

依附于整个世界的生存体系，去思考自身的利弊以及可以立足的位置，而不是仅从利己的小心思去思考周围有些什么可以为自己所用，女性不从整体女性的角度去思考和改变，总会让人觉得有一些小气。人到终了，回馈给这个世界的，是否有这个世界恩赐的十分之一多？

人往往会因为自己沉迷于什么，而假定对方也需要同样的东西。可人与人的需求本就不同，你向往着结婚，他向往着吃吃喝喝打游戏；你向往着买房买车生孩子，他只要达到有吃有喝就已经是完成了目标；你以为他的温柔体贴是因为他"天生"成熟，可我从不相信那么多与生俱来的关怀备至。

习惯这种东西，不是分析过后知道对错就可以轻易对抗的。狠话谁都会说，说过之后落不到实处也是一种习惯。

悲欢不相通，哀乐不相同，总以为是别人没有想明白，实则没有想明白的人从来不是别人。

每到年关或者假日的时候，会思索一下去年的自己，去年的周边，曾经在一起胡闹的朋友。我清楚我是和他们一起在穿过岁月这条河，被同样的环境所影响，受到同样高房价的压迫，有着同年龄下的责任感和紧迫，那些悄悄长出的肚腩和鱼尾纹提醒着所有人时间的流逝。可即便如此，虽然有如此多"相同"，我们依然只会在自己的岁月中成长和老去。

你看得到他所遭遇的困境，可那是他的困境，不是你的困境，他和你一样走过 35 岁，已成家立业准备事业爬坡起步，可女性所承担的来自家庭的部分就是要大过男性。他都明白，可他不是你，你依旧有自己独立要去完成的事情。

自我越是丰盈充沛，越能够感觉得到那些快乐和幸福不是拼命伸手向上天要来的，世俗所定义的快乐和幸福都是世人追求其他事物时随之而来的额外奖赏。

今天是圣诞节，希望你们都有礼物，世界上哪里有什么圣诞老人，所有的礼物都来自爱你们的人，圣诞快乐亲爱的。

## 若长良川

　　越是临近这种时间的关口，越能够清晰地站在两扇门中间看看过去，再看看未来。周末去集市摆了两天摊，冬日的阳光很温暖，就如同源源不断来我这里买书签春联的你们，不曾告诉我何时来，但总是一抬头就能够看见你们。平时你们也很少来和我交流，但这种暖心的行为让我心底很是感激。

　　有这样的机会真的把自己如同一颗小石头一样抛出去，可以看看市场的反应，看看这个世界现在是不是还有和我一样的同类人。给大家汇报一下，一共收入600元，基本上回本，有一半是第一次来的游客，有一半是你们的支持和喜爱。都是平时积攒下来的小物件、几片树叶、几张茶席，几盏夜灯，全部售罄。

周边的摊主很是惊讶，问我是经常出来摆摊吗？还是有自己的工作室？我说都不是，就是一个普通的打工人，心里装了点别的东西。

每个人的情绪、能力、成就都需要一个载体，在这个载体之上去做更多的事情。这个载体的大小和形状，我们称之为格局。

传统总是教育女性用性别去获得一个社会基本的保障，并以此为骄傲和传承。本来性别只是一种属性，属于红利的部分被大部分女性用来做了主要的用途。

女性把自己物化的一个很明显的思想就是，在与男性接触的时候想的是，我是否吃亏？这种思想的基础就是单一地把自己定义为一个"女人"，而非一个完整的人。

我不否认女性因为性别在这个世界里，可能受到不公平的待遇，也很清楚女性成长的艰难，这不是个别的问题，毕业之后才知道社会的复杂，结婚之后才知道原来长辈看重的是后代，生孩子之后才明白有一些东西只能自己消化。正因为如此，正因为女性已经承受了这些无法感同身受的事情，才要好好地规划自己的人生，不浪费自己可以成长的每一次机会，婚恋不是任何目的的贞节牌坊，合法不一定道德。个人影响力的培育土壤都是复杂的，权势、利益、私欲混杂，可把时间拉长来看，那些可以在这样混乱土壤里长出来的，即便是祸水，也是妲己这个段位的。

什么时候女性能够给自己立定一个稍微需要花费一些时间才能达到的目标，并且不是以繁衍为目的，才算是断了捷径的念想。不要老想着要赤手空拳打天下，用脑子想想也明白，很不切实际。成就这个词可大可小，参与你成就的人越多，最终达到的影响力是完全不一样的。时间从来不说话，却回答了所有问题。

以这个视角来看，女性可以成长的空间还非常大，就是想撺掇着你们去想想，这样就够了吗？此生就止步于此了吗？四十岁就要开始养老了吗？想说我贪心吗？如果可以让女性多一些思考，我贪心就贪心吧。

希望你们2021不需要新年，也能够快乐。

## "优秀"女性

这是 2021 年的第一篇文,好久不来 COSTA,每次进来都会被拉回原来住在 COSTA 楼上的那一段时光。寒冷的冬日和温暖的咖啡,这种配对很容易让人懒散下来,时间性节点比如春节、元旦、元宵这集中在一年头部的三个节日可以明目张胆地给人们扯出一张大皮,尽情地编造让自己相信也让别人相信的理由,把过去一年的不如意都塞给运气,然后虚张声势地展望一下未来。

每每想提笔写自控这个话题的时候都会斟酌再三,的确这是让人精进的一个很重要的基础。但自控很容易被大众过度地理解,那些任由情绪流淌和泛滥的快感、不愿花力气和意志力搏斗的懒惰都是人性中与生俱来的部分。现代的自控力听起来就像有人可以斩断七情六欲，若真的如此，那这个世界就是由和尚掌握的。

可实际情况是，在衡量过成本和可能性之后，在自控力与人类劣根性的厮杀搏斗中，我们要确保自控力的胜出。这真的不是一件容易的事情，也不是一场可以掉以轻心的搏斗，因为每一次都不一样，成本不一样，后果不一样，时间、年纪、场景、对象都不一样。

量力而行，也是一种自控力。这里面有隐忍、有豁达、有认可、有煎熬，需要承认能力暂时的劣势。权力和能力不对等，做决策的时候确实需要大一些的格局。

选择成全自己和成全"大局"是不一样的结果。

现代女性对"优秀"过于较真，人格独立、经济独立、下得了厨房斗得了流氓，想旅游旅游，想买包买包，被誉为当代女性的杰出典范，也被视为"榜样"。甚至很多女性理所应当地觉得，这样的女性一定是男性争相抢夺的资源和追求的对象。

其实存在一个误区，认为"他们"想要的，和"我们"

想要的一定一样。

　　而现实是，这样一类非常优秀的女性很难在一线、超一线的城市找到自己满意的另一半。她们找不到合适的伴侣真的是因为她们还不够"优秀"吗？或者她们找不到合适的伴侣是因为她们过于"优秀"吗？这是一类钻牛角尖的问题。和男女照镜子的道理相同，女性只会思考如何更美，总是能够一眼看得到镜子里的黑眼圈，而男性不论何时照镜子都会觉得自己魅力无穷，这和颜值没有半点关系。

　　那些没有过多的野心，甘愿把家庭利益摆在个人利益前面性格温顺的女性，大体上会比"优秀"女性要抢手得多。这不是女性"优秀"与否的问题，而是女性对于自我认知的觉醒和性格的完整独立势必会让她们在追求自我的道路上走得远一些，考虑自我感受多一些。

　　个人和团体本就不一样，这个很好理解，在没有做好准备之前更加注重自我感受有什么问题？"优秀"女性单身的原因，和女性没有关系。

## 舒适感

　　能够清楚看得见的标准，看似刚性，实则是最容易达到的，分数的多少、财富的等级、权力的划分、职位的要求，因为清晰，所以路径也会随之明朗。而那些模棱两可，听起来容易却无从下手的要求，才是比较考验精力的。

　　现代社会人际关系中，"舒适感"就是一个无关乎男女性别的核心竞争力。婚恋中的女性择偶普遍会加上有车有房这一条，或者男性在相亲的时对于高学历、家境良好的女性会高看一眼。可不会真的有人想抱几本毕业证睡觉，也不会有人真的要和丈母娘吃一辈子饭，大部分的人并没有意识到，他们所追求的这一类学历、财富，并不是切实以金钱、毕业证、家境为目的，而是以此为载体去证实达到他们要求的这一类人有可能与他未来所构想的生活相契合，而提出清晰的要求是最快筛选出潜在人群的一种途径。

在人际关系中，当"性格好"普遍被认为是一个万能胶时，哪里不够补哪里。虽然这里或者那里有欠缺，但他"性格好"，这本身没有错。错就错在大众普遍把"性格好"和"顺从、温柔、乖巧、听话"画等号，并且认为这是一个很容易就能够找得到的品质。放眼周边，这样的人真的非常少，让人觉得性格好不是今天好、明天好，而是日日好才算得上是让人感觉舒适。这是跨越性别、年龄、区域、学识的，是人群中的核心竞争力。

不论是婚恋或者职场，当下社会的需求，拼到最后被衡量的就是这种"舒适感"。真正的"性格好"是会给人带来"舒适感"这个结果的，"不吵架、温顺、柔和、懂事"只是给人"舒适感"的表征。需要温顺做外衣，格局撑骨架，知识填内在，智慧注血脉，甚至是端庄的皮囊组合在一起才可能有的。每一个时代对应的要求是不一样的，因为人类远古时期的生产力水平低下，医疗教育的缺乏导致物种数量无法快速增长，人类社会惧怕种族灭亡的心理让女性的生理优势决定了在那个时代母系社会的存在是合理的。

明白当下社会的需求，而非纠结于性别的优势，是现代女性往后必须要想清楚的一个问题。只有男性和女性从骨子里都去除掉性别对立，明白两种性别中的权力倾斜是由当下社会谁更顺应其发展和生存而决定的，性别里的私欲就能减少很多。

## 缝隙里的时光

春夏秋冬这四季，所有草木丛林、稻麻竹苇、山石微尘，一物作一恒河，一恒河中一沙便是一界。树的年轮，每过一年，不论往上长了多高，往下扎了多深，总要画出一个属于自己的圈。每一篇文，都是我给自己画下的一个圆，也是那一粒尘埃里的一个世界。

有些人活得磅礴，愿意给予更多，明白双手空空也是满；有些人谨慎而局促，对于外界更加敏感，不愿放开每一个能攥在手里的东西。每个人姿态不同，格局也不尽相同。尽管他们都是真实的，大部分人并不明白选择怎么样的人在身边，比在这个过程中的真实更加重要这个道理，是非黑白就是他们唯一可以拿去切割生命的准则。

那些被教导了上千年的"准则"固然没有错，可真的拿人性来评判处处需要考量和平衡风险的一生确实没有活到极致。寥寥数十载如一日又怎么能说那些"准则"一定是对的？

在尽可能平稳和均衡的前提下，真心也仅仅是控制欲望的一根绳子，教育水平、家庭背景、交往的圈层都是对抗欲望的利器。如若真的输了，也不能由此评判真心是假的，它只是输给了其他。

欲望从来都以人性为土壤，只看得到欲望带来的好处，很有可能是因为自己还不具备看见那些最糟糕场面的条件。

哪里存在可以事先编程的人生，然后按照自己的脚本往下走？手里握着的东西越多，反而不能如同当初两手空空时那么洒脱，当你月薪升高时，所考虑的范畴也会随之改变。即便是现在，依旧会看到有人说手里有100元的人肯为你花90元就一定比手里有10000元只肯为你花1000元的人爱你。这绝对不仅仅是现实的问题，因为环境和层次的不同导致每个人所需要覆盖的领域是完全不一样的。

掩耳盗铃地盯着付出的比例而不去关心差距是愚蠢的，我从不否认那些愿意倾心为人的可贵，但站在人性的角度平心而论，贫穷时的感情更容易生变。

情谊确是以真心为媒介，但人性本复杂，要允许其有变更、调整、停滞，甚至死亡的可能性。不能接受情谊变化可能性的人，往往也没有多大能力承担情谊稳固之后所衍生的更多其他感情。真心就应该被放置在真心该被正视的位置，任何过于盲目追捧和贬低都是一种文明的退步。

人微言轻，不在意权谋之策，一贫如洗，不懂市井繁华。

不论是哪一种真心所维系的情谊，心机和真诚互为套路，用到极致的时候不存在什么高低之分，明白的人从不"单纯"地觉得没有权谋不能成事，只有真诚才可以在所有关系当中游刃有余。

人生就是不断地拆东补西、拆西补东，这个过程当中一定有权衡、有选择、有算计、有释然，用部分的得来弥补部分的失，怎样把自己人生的饼做得更大，是每个人都在做的事情，不会有完全地按照"计划"来实施的未来，但我们要有每一天都可能是"赶鸭子上架"的觉悟。

　　与君共勉。

## 日落昏黄

　　最近一段时间安静地在生活中忙碌，甚少更新朋友圈，尝试着把自己关于灵感的一切抽空，就如同大街上看见的那些匆匆路人，盯着眼前的路奋力地往前走，感觉不到头顶的树叶换了新芽，吃到食物的时候味蕾没有惊喜。

　　名利场之上，只有时间与时间的撕扯，实力与实力的较量之后绝对的臣服或者驾驭。承认一个东西比起奋力地否定它，离驾驭更近一步。

　　"现实"这个词现在每当谈起，如果不能如同干柴遇到烈火一般让你产生强大的动力，用心智去权衡自身内外，那么就会反过来侵蚀你，成为刺痛你自卑敏感焦虑的心魔。

诚然有一些选择无关对错，可随着时间的推移，把成败看得过重，往往容易忽视除了逻辑以外感性带来的痛苦。你明知这样未必是对自己最好的选择，为什么这个决定还会带来那么多的纠结、痛苦、难堪和反复的自我质疑？在此基础之上，有必要重新去思考那些所谓好的决定是不是一定会带来幸福，那些坏的决定一定导致不幸。

衡量成败的标准是随着自我认知和智慧的成长不断变化的，理论也许会随着世界的发展发生翻天覆地的变化，可人的感受从古至今从未改变过，被欺骗时的愤怒和真心相爱时的欣喜就是最好的证明。

当智慧成长的速度和社会发展的速度不匹配的时候，有一些选择本质上就是陷阱，怎么选都有问题。理解自己的情绪，并适当地调整这个比例，才能装得下更大的格局。

所谓你见过了真相，也就是得到了解释，没有见过真相，那就是一辈子都无法得到解释。不用去劝说什么多经历几次人生就会更圆满，路途更加顺畅，这个世间的权谋、人心、欲望本就是坦荡的存在，不用我指给你看。

人们不太会因为看得见别人痛苦而感到懊悔，真正的懊悔都是从自己感受到痛苦开始的。难得糊涂的点不在于糊涂，糊涂谁都会，可不是谁都可以"在某一个时间点"装糊涂。

每一天每一年每一次自我和外界的交换都是一种经历，不是每一种"失去"和"得到"都可以用物理的概念去衡量。总是说着自我乏味，在社会上经验太少，经历也太少的人，在每一段关系当中、每一次对外交换的经历中，都无法捕捉到任何对他有影响的东西。因为他从未被深刻地影响，所以他从未渴望改变，也就无从积累了。

若非心里装着一个世界，哪怕你真的到了万里之外，那些巍峨耸立直入云霄的山峰和深不见底的海洋对你也没有什么用。看不见熙熙攘攘的人群中交织着的野心勃勃、口蜜腹剑、虚与委蛇和热气腾腾的真情实意，也听不见这个世界时刻都处在轰鸣和静谧之中，那些死亡、黑暗、光明、有关生命的纯真和渴望无时无刻不在发生。

　　若用一滴水来做比喻，曾经的我觉得一滴水的最好归宿就是海洋，那是最广阔的地方。可现在的我，不在意这滴水的归宿是溪流还是海洋，而关心它是否能成云、成雾、成雨，反复地在这世间往来几次，看这世间的日月变换、斗转星移、四季更迭、陵迁谷变。

## 春暖花开

　　远处连绵的山看不清表情地隐藏在黑暗里，潜伏、隐忍、不动声色。默默地掉落一秋的黄叶，在安安静静地长出一整棵树的新芽。

　　寒星三两点散落在远处，这个城市的每个人都看起来风尘仆仆，街头光鲜亮丽荧光满目却怎么也看不清楚。这里即使海再蓝也看不到鲸，走进深林也从未见过鹿。你问他们为什么留在这里，他们说他们已经回不到过去，也去不了了当初。前两个月的自己往返在医院里各个诊室检查，人倒下的时候往往都是悄无声息的，那些晃眼的照明灯和耳边的轰鸣提醒着所有人生命的短暂和无价。

每个人多少都想过此生要有归宿，回家绕几次远路，听电台重复播放的老情歌，看黄昏迟暮。假装擅长一个人独处，半生风雨落幕，可以找到一个人缓解自己的孤独。可优秀的人都在孤独地翻山越岭、跋山涉水，每每想到这里，这些孤独也就不算什么了。最终的那些脱颖而出，绝非是骨骼清奇天赋异禀，一定是持之以恒坚定不移地坚持自我和努力。

　　一年能做多少项目，一个月能有多少天可以准时下班，一天能处理几个文案几场会议几次饭局，都非常有限，位置越高，权位越重，越能体会到时间的分量。这是哪一个年龄段默认的集体狂欢，时间不停推着你往前走。今天天气特别好，我按时回家的时候看见了许久未见的晚霞，想起去年整整半年都追着夕阳从耀眼的明亮到天边恋恋不舍的鹅蛋黄。

　　没有人在乎几场精疲力竭的会议之后头发是否凌乱，桌子前面堆了几杯喝完的咖啡杯子有没有丢掉，女神是不是依旧穿着高跟鞋……不怪这个环境的节奏太快，人总是太贪婪，总想着多几个小时来处理事务，总想着写完这个文案就睡觉，总想着做完这个项目就回家，可是啊，时间从来不会因为人类的私心停步。等不到的电话、发不出去的信息、屏不住的呼吸、留不住的人、憋不住的哭声，在成长的过程中逐渐如同暮年的呼吸一般慢慢平缓，最终藏进了怎么也抚不平的皱纹里。

每个人都很了不起，世界当然残酷，可只要你愿意走，总会有路的。如果可以忍耐，就一定要忍过腊月寒冬，忍到春暖花开。你要在黑暗中前行，就一定要走到灯火通明的繁华盛景。

只有看过山高与海阔，努力地见过世界的每一面，人心虽阴暗可底色依旧是善良，直到自己有资格来评判什么是好，什么是坏，然后气宇轩昂地站在曾经梦想中的偶像旁边和他们旗鼓相当，在成为自己想成为的人这件事情上，一步也不让。

因为我们暂时还没有那么优秀，所以优秀值得我们去追求。生活的迷人之处在于，不是得偿所愿，而是阴差阳错。

# 后记

那些看山是山，看山不是山，到最后看山还是山的幸运，真的不是每个人都有。当几十年的时光从眼前呼啸而过后，也许当时并不在意那些闪过的光芒和痛楚，只有等它们都过去了，会发现原来它们真的都来过。该顺它走的时候没有走，该顺着它留的时候也没有留。

人生的后半场，拼的不是讲道理学理论，也不是寻求一个万能公式让自己偷懒地应对所有困境，而是真切地把曾经吸收的知识和生活、刻进骨髓的经验与教训运用到往后的每一个场景，知道每一个选择会有怎样的代价，知道到自己的价值，也有能力驾驭别人的企图。而顺利两个字，暗含着除了表面的平和，还有即便发生的是第一百零一种可能也能够顺利的底气。

谨此献给我里程碑式的 32 岁。